朔蚤がうたう日

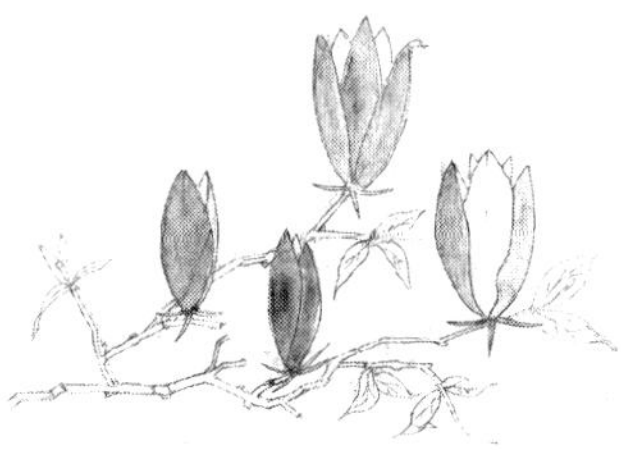

〈表紙画・スケッチ画　筆者〉

目次

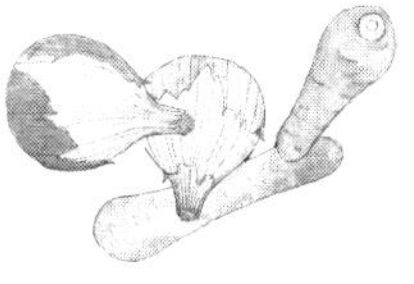

利他のこころ……6
ゑびすさんの人生……13
摩文仁の丘で……20
きょうも箱の中……27
主婦になった老博士……33
子どもたちの貧困……40
先輩は遺して逝った……47
駅前広場の夜……54
名画は風邪に効く？……61
詩人は強く、やさしい……68
ミラクルフルート……75
黄昏の海……82
発車オーライ……89
心友の贈りもの……95
アジ党？ サンマ派？……102
風薫る日に……108
午後の止まり木……115
蘇った愛の像……122
青春の蹉跌……129
みみずくと私……135
好気高齢者になろう……142
晩秋のひとり言……149
千代さんの桜……156
港町 城下町 花の町……162
生きてゆくこと……168
えりちゃんのオルゴール……173
赤レンガの町で……179
愁いの春に……185

人生の秋に想う……………………192
みーつけた！ ……………………198
ぴんぴんころり…………………205
善意は永遠に……………………212
それって、散策？ ………………218
渚の乙女たち……………………224
令和元年の花見…………………229
ふる里へ墓参り…………………236
想い出酒…………………………242
おつむとおむつ…………………248
追憶の午後………………………254
頼りにしてますぞ………………260
音楽を愛した人…………………267
眠る地下名店街…………………273

想い出は還らず…………………279
あとがき…………………………287

利他のこころ

京セラの創業者、稲盛和夫《いなもりかずお》さんが夏の朝、京都市内の自宅で家族に見守られて亡くなられた。90歳だった。

稲盛さんといえば、ＫＤＤＩを設立し、経営破綻した日本航空を再建するなど社会に貢献され、優れた経営者として知られる。さらに、私財を投じて財団を設立し、科学、芸術分野で功績のあった人々に「京都賞」を贈るなど、日本の未来を見つめる卓越した人物だった。

経営者であり、文化人でもあった稲盛さんの死を惜しみ、新聞やテレビがこと細かに、その足跡や功績を伝えていた。

京セラばかりでなく、さまざまな企業の経営に携わった稲盛さんは、人間として、企業経営者として大切なこと、価値ある生き方とは何かを私たちに問いかけ、教えてくれた。

私は、稲盛さんにお会いしたことも、ご本人から直接、話を伺ったりすることもなかった。けれども、稲盛さんの著書やテレビの対談などを通し、その生き方や考え方、社会と向き合う姿勢など、奥深い人間性に魅力を感じ、稲盛さんの著作を読み漁り、感銘を受けて来た一人である。

『何のために生きるのか』『人類を救う哲学』『生き方』、『燃える闘魂』など稲盛さんが書かれた本が、いつも語りかけるように私の本棚に並んでいる。

人間が生きてゆく意味とは何だろう。人生の目的はどこにあるのか――

その根源的な問いかけに、稲盛さんは真正面から答えている。

「それは心を高めること、魂を磨くことにある」

稲盛さんは、なぜ働くのか、いかに働くのかを追求した人でもあった。日々、一生懸命働くことは、私たちの心を鍛え、人間性を高めることだ、と言い切る。

そして、ご自身の仕事観、人生観を一つの方程式にして表している。

人生・仕事の結果＝考え方×熱意×能力

稲盛さんの自伝を読むと、中学受験、大学受験、就職試験とことごとく失敗し、希望がすべて叶わなかった。

そこで、稲盛さんは立ち止まって考える。

「平凡な人間が素晴らしい人生を送ろうと思うなら、一体、何が必要なのだろう」

そのことを、ご自身が社会に出て働き始めたときから今日まで、自問しながらずっと考え続けてきた。そして、「この世の中で、どれ一つとしてあの世へ持っていくことはできない」と思い至る。

「死を迎えるときには、地位も名誉も財産もすべて脱ぎ捨て、たましいだけ携えて、新しい旅立ちをしなくてはならない」と、心に誓ってきた。

稲盛さんが亡くなられた朝。テレビの速報で訃報を知ったとき、私は、大切な人を失ってしまったと、強い衝撃を受けた。そして、苦労人であり、人間性豊かな稲盛さんの生前の姿がよみがえり、書斎の窓から外の景色を眺めながらぼんやりと感慨に耽った。

この世の中に生きる私たちすべての人間は、日々、失敗を重ねながら成長して行く。

稲盛さんは、自身が書かれた書物や、テレビのインタビューなどを通して、若いころから苦難の道を辿り、それを乗り越えてきた体験と、そこから学んだ独自の人生哲学を分かりやすく語って来られた。

まだ現役で仕事をしていたころ、私は、稲盛さんが書かれた書物と出合い、何よりも、その人間性に魅かれた。稲盛さんの言葉と出合い、その一つひとつを心に受け止め、励まされたり、力を得たりした人も少なくないだろう。

稲盛さんは１９３２年（昭和７）、鹿児島市内で７人兄弟の二男として、この世に生を受けた。

稲盛さんが書かれた本を読むと、一家は、印刷業を営む父親の下で、比較的恵まれた暮らしをしていたようだ。

それが、太平洋戦争末期の１９４４年を境に、稲盛少年の人生は一変してしまう。ちなみに、私はこの年に、父親の仕事の関係で、北海道・帯広郊外で産声を上げた。

稲盛さんは中学の入学試験に失敗し、それに追い打ちをかけるように、終戦の年には結核を患い、死の淵をさまよう。それに加え、自宅は米軍による激しい空襲で跡形もなく焼失してしまった。どん底に突き落とされた一家は、途方に暮れるしかなかった。

戦後は、貧しかったけれど、なんとか高校に進学し、自身が希望する大学ではなかったが、地元の鹿児島大学工学部に入学した。しかし、卒業はしたものの縁故もなく、就職口が見つからない。落胆するばかりの青春の日々だった。

恩師が京都の送電線用の碍子《がいし》をつくる会社を探してくれ、ようやく職にありついた。だが、就職できたのはよかったが、会社は赤字を背負い、劣悪な環境の職場だった。

そんな辛い現実を、ただ嘆いていても始まらないじゃないか……

稲盛さんは自身に言い聞かせて覚悟を決め、ファインセラミックスの研究に没頭した。そして、この仕事に自身の人生をかけようと決意する。

孤独の苦しみに耐えながら、ひたすら研究に打ち込む青年を、天は見捨てなかった。

努力の甲斐あって、ようやく研究の成果が出始め、思いもよらぬ人生の好循環が始まる。27歳の若さで同僚たちと、京都セラミック（現・京セラ）という、高性能のファインセラミックスの部品メーカーを設立した。

来る日も、来る日もひたすら努力し、粘り強く実績を積み重ねていった稲盛さんは１９６６年に社長に就任した。そして、セラミックを使った電子部品などを次々と開発し、会社は急成長してゆく。

稲盛さんは気を緩めず、より高みを目指した。

会社を部門ごとの小集団に分け、独立採算方式にする。経営の目が行き届くよう収益を管理する「アメーバー経営」である。

これが一層、高収益をもたらし、京セラを有数の、世界的な電子部品企業に育て上げた。さらに、いくつもの企業を設立し、社会のために惜しみなく私財を投じた。

なかでも、「稲盛和夫」の名を世間に知らしめたのは、２０１０年に経営破綻した日本航空の再建である。

日航の社員はエリート意識が強かった。

自負心から、傲慢さやプライドの高さが利用客へのサービスをないがしろにしたのだと、稲盛さんは経営破たんの原因を突き止める。そして、その意識や、振る舞いが日本航空を破たんさせたのだと確信した。

そこで、稲盛さんは事あるごとに、幹部社員から平社員に至るまで、人間の徳に基づく、「他に善かれし」という利他の心を持つことの大切さを執拗に説き続けた。

やがて、「利他の精神」が社員に浸透して行くと、社員全体に活力が蘇り、奇跡的に日本航空の再建がかなった。

ご自身の人生で挫折を何度も繰り返し、悩み続けてきた稲盛さんは、人並み以上のことをするには、どうすればいいか立ち止まって考える。

自問自答し何日も考えた末に、一つの人生の「方程式」にたどり着いた。

その方程式は、人間の「能力」「熱意」「考え方」の３つの要素から成り立っている。

「能力」は、生まれつき備わっている身体的能力。「熱意」は、なりふり構わず懸命に努力すること。

稲盛さんは自身の人生を振り返り、こう言い切る。

「自分は、能力はさして高くはないが、熱意だけは誰にも負けまいと思って突き進んできた」

では、「考え方」とは何か。

それは、人それぞれが持っている哲学や理念、信念と言ってもいいだろう。いわゆる人生観、人間性と置き換えてもいい。

他人を思いやる利他の心を持つという「考え方」こそ、人生の方程式で最も価値ある、大事な要素であると、稲盛さんは確信する。

会社の利益を上げることだけにとらわれるのではなく、人々の暮らしにも目を向け、それぞれ自身の人間性を向上させることが大切だと、言い切る。

日本航空はなんと、2兆3000億円もの巨額の負債を抱えて経営破たんした。

その日本航空の再建にあたり、稲盛さんはことあるごとに、「人間として何が正しいか」をテーマに、幹部社員を集めては、「利他の心」を直接、執拗に説き続けたという。

利他の心を大切にするという判断基準が社員に浸透してゆくに連れ、それぞれの意識改革につながり、日本航空の業績は飛躍的に向上していった。

「素晴らしい人生を送るには、それにふさわしい考え方がある」

自分を犠牲にしてでも、世のため、人のために尽くす。

「思いやりに満ちた行動は、相手に善きことをもたらすだけでなく、必ず自分に帰って来るものだ」

人間としてどう生きてゆくか――

普遍的な生きる姿勢ともいえる人生の方程式を示してくれた稲盛さんは、日々、つつましく生きている私たちに、たくさんの励ましの言葉を遺して旅立っていった。

ゑびすさんの人生

自然を破壊から守り続けて来た市民活動家の増山寛治さんが梅雨に入ったころ、静かに旅立って行った。享年86歳だった。

自然をこよなく愛し、自然と共に生きる人生だった。

わずか3年ほどのお付き合いだったけれど、何十年も親しく過した、尊敬する大先輩のような気がしてならない。

増山さんは晩年、沼津市立図書館のテーブル席で過ごすことが多かった。私が初めてお目にかかったのも、そのテーブル席だった。

爽やかな秋風が心地よい、昼下がり。

私は、図書館の2階にある新聞や郷土資料を集めた閲覧室の大きなテーブルで、その日の新聞を広げ、活字を追っていた。

暫くして新聞から目を離し、視線を前方に移したとき、テーブルの向かい側に座っている穏やかそうな、額の広い老人の姿が目に留まった。

その老人は『根の辞典』と書かれた分厚い書物を開き、大きな虫眼鏡で目を細めながら活字を追っていた。そして、ときどき、色鉛筆で傍らの大学ノートに草花のスケッチをしている。

細かな作業に疲れると、ふっーとため息をつき、虫メガネを握る手を休め、天井を仰ぐ。

しばらく目を閉じ、じっと瞑想に耽っているようだった。

あくる日も、次の日も、そのテーブル席に座り、同じことを熱心に繰り返していた。

何かの拍子に視線が合うと、

ああ、また逢っちゃったね、キミはいつも元気そうじゃないか……

そう、語りかけるようなしぐさでやわらかな笑顔を浮かべ、よし、よし……というように軽く頷き、また、愛用の虫眼鏡で辞典に目を注いでいた。

好々爺を思わせるその笑顔は、七福神の「ゑびすさん」のようだった。以来、私はこの老人に敬意を表し、ひそかに、「ゑびす爺さん」と、ニックネームをつけてしまった。

それが、増山寛治さんである。

増山爺さんはいつも、ノートや鉛筆、資料、手拭いなどを詰め込んだ、年季の入ったリュックサックを背負い、ゆっくりとした足取りで図書館に現れた。

おもむろに指定席に腰を下ろすと、

さあ、今日も始めるかネ……と、気合を入れるように、書物を開いて資料作りに没頭する。

作業に飽きてしまうと、目を閉じたり、窓に映る街の景色をしばらく眺めたりしていた。

増山さんは、毎日のように夕闇が迫り、暮れなずむころまで図書館で過ごしていた。

一見、のんびりと老後の人生を楽しんでいるように見えるインテリ風の老人が、なぜ、毎日、図書館にやって来るのだろう。それも、午前中から夕方まで長時間過ごしてゆく。

私は、そのことが気になりながらも、想像がつかなかった。

会うたびに少しずつ言葉を交わすようになり、親しくなるに連れ、増山さんが図書館に通う個人的な理由を知りたくなった。

「ボクが図書館通いをするようになって、もう1年半が過ぎてしまったよ。でも、図書館がこんなにありがたい場所とは、思いもよらなかったなあ……」

ある日、増山さんは感慨深そうに言った。

お互いに知り合って1週間ほど経ったころ、増山さんは静かに自身の身の上について語り始めた。

昭和4年生まれの増山さんは旧制沼津中学（沼津東高）に通っているころ、学徒動員で駆り出され、勤労奉仕をしていた神奈川県藤沢市の海軍工廠で終戦を迎えた。

大学では「農学」を専攻し、卒業後は国家公務員の試験に合格して水産庁に入り、水産行政の仕事に就いたという。

毎日のように海とお付き合いしているうちに、自然の生態や植生などを研究するフィールドワークに魅力を感じ始め、あっさり、公務員の職を捨て、自然を相手に暮らす自由の身に。

それからは、自然や人の生命をテーマに環境保護を訴え、市民活動に参加するようになった。その生き方を心から楽しみ、やがて、使命感をもつようになった。

戦後の急激な経済成長が残したやっかいな副産物である環境破壊や、昭和30年から40年代にかけ、沼津の町が騒然となった石油コンビナート建設反対闘争などに積極的に参加した。以来、人生の大半を市民運動に捧げて来た反骨の人である。

その頃、増山さんは市街地から西に数キロほど離れたＪＲ東海道線の片浜駅に近い松長町の実家で奥さんと母親の３人で暮らしていた。だが、20年ほど前、長い間連れ添ってきた奥さんに先立たれてしまった。

それからは、高齢の母親の身の回りの世話をする老々介護を余儀なくされたが、使命感を持ち市民活動を続けてきた。

しかし、自身も10数年前、心筋梗塞で倒れてしまい、相前後して母親が他界した。お気の毒なことに、独り暮らしになってからの増山さんは、病と闘う日々だった。

脳梗塞を2回も、発症している。いまは、沼津市内に暮らす妹さん家族の好意で、そこに身を寄せていると話していた。

「世話になっている主治医から、日中は図書館で過ごすように勧められてね。昼間、ここで過ごしていると、世の中の情報も知識も得られるし、好きな植物の勉強もできる。ここはぼくにとって天国だよ」

生き生きとした表情で語る増山さんは、日々、図書館に居心地の良さを感じ、書物や人との出会いをことのほか楽しみにしていた。

図書館のスタッフもみんな親切で、増山さんは毎日ここで充実した、幸せな老後を過ごしているように見えた。

いま思うと、ご本人にとって、図書館という知のサロンは、老人介護施設のデイサービスに通っているような気分だったに違いない。

増山さんの晩年の姿を眺めていて、老人福祉サービスは、人から与えられるものではなく、できる限り自立しながら積極的に自ら求めていくのが理想的ではないかと、私は大事なことを教えられた気がしている。

増山さんの日々の行動は、午前中は駿河湾を臨む千本松原を歩く。松枯れなどの健康診断をしたり、防潮堤から駿河湾の海の様子を見回ったりする。

フィールドワークを欠かさず、午後になると汚れて年季の入ったリュックサックを背負って図書館に現れ、書物を相手に静かな時を過ごす。

お互いに気心が知れるようになって、一緒に街に出て昼めしを食べることも何度かあった。

増山さんは天丼やステーキ丼、ザル天うどんなどが大好きだった。あるとき、老舗の蕎麦屋で天ぷらそばを食べながら、不意にこんなことを言った。

「ぼくの沼中時代の友だちはみんな偉くなっちゃったけど、ぼくは一生貧乏暮らしを続けているんだよ……」

それを聞いて、私は言った。

「それは違うんじゃないですか。増山さんは自然を破壊から守ろうと、壮大で大切な仕事をされているんじゃないですか」

増山さんの活動仲間である水野義男さんという後輩が、

「沼津で一番たくさん木を植え、守り、育てたのが増山先生だ。沼津の自然が豊かなのは増山先生のお陰だよ」

と、尊敬の気持ちを込めて語っていた。

増山さんは壮大な夢を描き、自然保護や環境破壊を防ぐことに長い人生を捧げてきたロマンチストだと、私も思っている。

午後のひととき図書館で過ごした増山さんと私は、街が暮れなずむころ、一緒に図書館を後にする日が多かった。

増山さんのゆっくりとした足取りに合わせ、街路樹のアメリカフウの葉が茂る黄昏の坂道をＪＲ沼津駅の方へ向かって歩いた。

ところが、増山さんは昨年暮れから図書館に姿を見せなくなってしまった。いつかは、こういう日が来るだろうと、私は覚悟していたが……

３月末に、水野さんが、増山さんが入院している長泉町の丘の上にある県立がんセンターに案内してくれるというので一緒にお見舞いに出かけた。

大きな窓ガラスを通して明るい春の陽光が降り注ぐ病室の増山さんは、笑顔を浮かべてお元気そうだった。

水野さんが気を利かせて、持参したカメラで増山さんと私のツーショットを撮ってくれた。

増山さんは、「ゑびすさん」のような笑みを浮かべて言った。

「このごろ、握りずしが食べたくてしょうがないだよ。暖かくなったら街へ降りて行くから頼むね」

「はーい。お待ちしていますよ」

それが、増山さんと私が交わした最後の言葉だった。

摩文仁の丘で

沖縄が本土に復帰して半世紀、50年になる。

天皇、皇后両陛下は２０２２年10月、那覇市で開かれた国民文化祭にご出席されるため、即位後、初めて沖縄県を訪問された。天皇陛下は１９８７年、初めて沖縄を訪れて以来、６度目のご訪問である。

両陛下は、糸満市の摩文仁の丘にある国立沖縄戦没者墓苑で供花され、「平和の礎《いしじ》」や平和祈念資料館などを訪れた。

新聞やテレビの報道によると、皇后雅子さまはエメラルドのように輝く紺碧の空と海を眺めながら、「こんなに美しいところで、あの悲しい出来事があったのですね」と、感慨深そうに話していたという。

あの太平洋戦争で、沖縄は地上戦の舞台となった。１９４５年（昭和20）３月から、米軍の凄まじい攻撃を受けた。

私がいま暮らしている沼津でも、７月17日夜、米軍の激しい空襲に市民は逃げ惑い、２７４人の尊い命が失われた。沖縄では90日間に及ぶ、長い戦いの末、住民をはじめ、日、米両国の兵士ら20万を超す尊い命が失われた。

戦後、沖縄は米軍の統治下に置かれた。

沖縄の人々は敗戦、そして27年間、米軍統治という二重の苦しみを味わってきた。その沖縄が念願の本土復帰を果たしたのは、１９７２年5月15日のことである。

沖縄と東京で同時に開かれた「沖縄復帰50周年記念式典」に、オンラインでご出席された天皇、皇后両陛下は、沖縄の人々の苦難を思いやり、励ましのお言葉を寄せられた。

「沖縄には、今なお様々な課題が残されています。国民の沖縄に対する理解が深まることを希望するとともに、豊かな未来が沖縄に築かれることを心から願っています」

これまで沖縄に何度か足を運んでいる天皇陛下は、沖縄の人々の耐え難い苦難の歴史に、日ごろから深い思いを寄せて来られた。

その日。テレビ中継された式典の模様を眺めていて、私は沖縄の島々を旅した日のことを思い出していた。

その旅で、深く印象に残っているのが、沖縄本島南部の沖縄戦跡国定公園にある、遥か東シナ海を見晴るかす摩文仁の丘の風景である。

働き盛りだった38年前の1984年（昭和59）6月。私は、パリ在住の洋画家、西村計雄《けいう》さんのスケッチ旅行に同伴した。

美しい南国の風景のなかに、苦しみや悲しみを宿す、心惹かれる沖縄の自然に触れ、スケッチの旅をする西村さんにずっと付き添い、自然が美しい沖縄本島から、石垣、西表島などの島々を巡った。

摩文仁の丘がある平和祈念公園の広さは、40㌶にも及ぶ。その広大な敷地に、「平和の礎」や平和の大切さを学ぶ「平和祈念資料館」などいくつかの文化施設が整備されている。

ここを訪れる人々は、美しい自然の中で、感慨を新たにするという。

祈念公園の一画にある「沖縄平和祈念堂」は、日本人の戦争体験を普遍化し、沖縄を世界平和のシンボルにしようと、多くの県民の浄財で建てられた。

平和祈念堂を運営する沖縄協会の初代会長だった茅誠司さんは、

「美を追い求めることによって、人々の心に平和を訴えることができるのではないか」

と、平和祈念堂に壁画を展示することを提案された。

だが、簡単にことが運ぶ話ではなかった。

その頃、平和祈念堂を運営する沖縄協会の台所は財源が乏しく、運営は火の車だった。

そんな現実に苦しむ茅さんの熱い思いをパリのアトリエで耳にした洋画家の西村さんは、

沖縄の人々の平和への強い思いに共鳴し、壁画制作という無報酬の大仕事を買って出たのである。

東京芸大を卒業したあと、画家として一本立ちした西村さんが、家族を日本に残し、フランスに渡ったのは42歳のときだった。

マルセイユから一昼夜かけてたどり着いたパリの街。落ち着いた先は、セーヌ川の畔にある小さなアパートの屋根裏部屋だった。

「初めて目にしたパリの街は、灰色に沈み、これから先のことを思うと、とても心細い思いでした」

西村さんは、そのときの不安な思いを、私に率直に語ってくれた。

さっそく、この屋根裏部屋にアトリエを構え、制作活動に励んでいた西村さんは、平和祈念堂の壁画制作を引き受けると、パリと東京、そして沖縄を忙しく往復する日々が続いた。

私は、スケッチ旅行のため帰国していた西村さんとお会いし、案内役の沖縄協会で祈念堂の運営を担当する女性とともに、沖縄の島々を巡るスケッチ旅行に同伴することにした。

私が初めて摩文仁の丘を訪れたのは、西村さんが壁画「戦争と平和」シリーズに取り組んで6年が過ぎた頃だった。

壁画のテーマにふさわしい風物を求めてスケッチする西村さんは、私が帯同することを快く思い、スケッチ取材の旅に同伴させてくれた。

「明るい南国、沖縄の自然の中に戦争の哀しさや虚しさ、平和の尊さを表現してみたい」

そう語っていた西村さんはスケッチ旅行を終えると、沖縄の旅で目にした感動が凝縮されたスケッチをパリのセーヌ川の畔にあるアトリエに持ち帰り、油彩画の制作に励んでいた。

「私は、沖縄の激戦の模様は知りません。けれども、平和を願う気持ちは沖縄の人々と同じです」

スケッチ旅行の途中、穏やかに、そう語っていた西村さんは、ご自身の画家人生をかけ、精力的に制作に取り組んでいた。

「沖縄に熱き思いを」「花風」、「愛は海を越えて」「原始の野鳥たち」など、「戦争と平和」と題した1枚３００号の油絵を20連作にして描きあげ、平和祈念堂に寄贈された。

「明るい南国の沖縄の風物のなかに、戦争の悲しさ、それに虚しさを表現し、多くの人々に訴えたいと思いました」

自身が描きあげた作品を前にして、そう語っていた西村さんの姿が、今も私の心に焼き付いている。

あの、西村さんのスケッチ旅行に同伴した日から27年の長い歳月を経て、再び沖縄を旅する機会が巡って来た。

65歳で仕事を卒業し、沼津で自由の身となった２０１１年（平成23）の秋のことである。目の不自由な人々を救う、献眼活動で知り合った、沼津市内にある浄土真宗真楽寺のご住職をされていた勧山《すすやま》弘《ひろむ》先生と、摩文仁の丘を訪れた。

勧山先生がライフワークにされていた、目の不自由な人々を救うため、ライオンズクラブが取り組んでいる献眼運動の全国大会が那覇市内のホテルで開かれた翌日、私たちは首里城など名所旧跡を巡ることになった。

観光バスに乗ってしばらく経ったとき、勧山先生が落ち着かない様子で立ち上がった。

「かつての戦友たちに、摩文仁の丘で最後のお別れをしたいのです。ここで降ろしてくれませんか」

勧山先生の願いをかなえようと、私たちは観光バスを途中下車した。そして小高い摩文仁の丘の上にある「黎明の塔」に向かった。

勧山先生は、１９４４年１月、大谷大学を繰り上げ卒業し、津市にあった連隊に入隊した。間もなく、陸軍歩兵二等兵として中国・山西省に派遣され、戦場に駆り出された。

不運なことに、敵の夜襲攻撃に巻き込まれ、手榴弾の破片が右足首を直撃。重傷を負った勧山二等兵は、野戦病院に収容された。

戦争はいよいよ切迫し、１万人近い兵士のいる石部隊は急ぎ山西省から激戦の沖縄に移動した。そして、１人だけ野戦病院に取り残された勧山二等兵は、複雑な思いで終戦を向かえ、翌年春、生きて再び故郷の土を踏んだ。

一方、勧山二等兵を中国大陸に残したまま、沖縄へ転戦した石部隊の戦友たちは、一人残らず激戦の沖縄で玉砕してしまった。

戦後の長い年月を経て、玉砕した仲間を慰霊しようと訪れた勧山先生は、足腰が弱り、自力では急斜面の小高い丘の上に登ることができなかった。

私たちは急ぎ、車いすを借りてきて先生を乗せ、３、４人が車椅子にとりつき、死にもの狂いで丘の上を目指した。

そして、沖縄戦で自決した牛島満司令官が祀られている黎明の塔にようやく辿りついた。

潮騒が聞こえてくる、その丘の上で、勧山先生は車いすから立ち上がり、長い間、戦友たちに黙とうを捧げていた。

そのあと、私は勧山先生を平和祈念堂に案内した。

勧山先生は堂内で西村計雄画伯の壁画をゆっくり鑑賞し、平和の尊さに思いをめぐらせているようだった。

きょうも箱の中

「今朝のヌマアサ読みました？　あのタカパーチさんが、沼津に来るんだって……」

カミさんはそう言いながら、『沼津朝日』の朝刊を私の目の前に差し出した。

朝食を済ませ、コーヒーを味わいながらテレビ画面に目をやっていた私は、コーヒーカップをテーブルに置き、その記事に目をやった。

沼津子ども劇場が大道芸人のタカパーチさんを招き、市民文化センターで「タカパーチの音楽会」を開くという。

沼津子ども劇場は、子どもたちの自由な発想を育み、「想像力」や「創造力」を養おうと、半世紀ほど前に誕生した。今も、子育てに追われているお母さんたちを中心に活動している。

「へぇー、ターさんが沼津にねぇ……まだ、大道芸人をやっていたのか。懐かしいなあ……」

私はそう呟き、記憶の底にかすかに眠る、あの晩秋の街の風景を思い出していた。

あの日から長い歳月が流れている。

街路樹のプラタナスの葉が黄色に染まりかけた土曜日の午後だった。ターさんは静岡市の中心街にある青葉通り公園にいた。

国際的な大イベントの「大道芸ワールドカップｉｎ静岡」が幕を開けた日だった。

駿府城公園の広場や中心街の商店が軒を連ねる目抜き通りで、全国から集まった大道芸人たちの離れ技をひと目見ようと、見物の市民たちが群がり、熱気と歓声が渦巻いていた。

ヨーロッパや中国、アメリカなど世界の国々からやって来た大道芸人たちのアクロバティックなショーを一度、目にしたいと思い、私は街角の人だかりを渡り歩いていた。

さっきまで西の空を真っ赤に染めていた夕陽が落ち、見物する人たちで熱気をはらんだ街が暮れなずむころだった。高層ビルの市役所裏にある公園のケヤキ並木から突然、かん高いトランペットの音色が聞こえてきた。

その澄んだ音色に誘われ、私は急いで人垣に近づいていった。

マジックペンで「人間ジュークボックス」と手書きした段ボール箱が置いてある。

その段ボールの箱は、大人がひとり立って入れるほどの大きさだ。トランペットの音色は、箱の上部を30㌢四方に切り取り、カーテンをあしらった四角い窓から流れてくる。

その窓の下に、

「コインを入れると、おじさんが顔を出し、トランペットによる楽しい演奏が始まります。

1曲２００円　タカパーチ日本」と、書いてある。

私はその段ボール箱に近づき、人垣の間からしばらく眺めていた。

母親に寄り添い、好奇心ありげなお下げの少女が段ボール箱に近づいて行った。そして、料金を入れる小さな穴に百円玉を2個入れ、元気な声で言った。

「大きな古時計、お願いしまーす」

すると、窓のカーテンが開き、丸メガネをかけ、鼻の下にチョビ髭を生やしたターさんがトランペットを突き出し、演奏を始めた。

母親と手をつないだ少女は、トランペットの曲に合わせて、大きな声で歌い始めた。

♪ひゃくねんやすまずに　チク、タク、チク、タク……

少女が歌い終わると、人垣から大きな拍手が湧き起こった。

すると、今度は通りすがりの初老の紳士が足を止め、料金箱に近づいて行った。おもむろに、ズボンのポケットから小銭入れを取り出し、１００円玉を2個入れてリクエストした。

「テネシーワルツを、やってくれるかね……」

ターさんは再び窓から人なつこい顔を覗かせ、情感豊かに「テネシーワルツ」を演奏した。

その老紳士は、自身の大切な思い出を懐かしんでいるように、しばらく目を閉じ、じっと耳を傾けていた。

あの大道芸で、ターさんの「人間ジュークボックス」を聞いた日からすでに27年の年月が流れている。

沼津子ども劇場に招かれた日。ターさんは、やっぱり箱の中にいた。

子ども劇場の幕が開くと、ターさんが入っている段ボール箱が舞台を右へ、左へと動き始めた。

いきなり繰り広げられたパフォーマンスに、意表を突かれ、あっけにとられた小さな子どもたちは大喜び。キャッ、キャッと叫び、ターさんが隠れている箱を追いかけまわした。

ようやく箱から出て、姿を現したターさん。白いワイシャツに蝶ネクタイ。黒いベストに紺色のポーラーハットを冠っていた。

「コンニチハ……きょうは、おじさんと一緒にみんなで大騒ぎしようじゃないか……」

音遊びの名人は、そう呼びかけると、愛用のトランペットで、馬や牛、象、カラスなど身近な動物のなき声を真似ると、会場はたちまち大きな笑いと拍手に包まれた。

続いて、ターさんはボヘミア民謡を披露した。

♪ブン、ブン、ブン、ハチが飛ぶ……

トランペットでアメリカ、アラビア、中国、韓国民謡風にそれぞれアレンジし、音遊びの楽しさを披露すると、会場はさらに、盛り上がった。

子どもたちは「ドラえもん」や「アンパンマン」のテーマソングが大好きだ。トランペットが奏でる軽やかな旋律に、舞台の上で跳んだり、跳ねたりお祭り騒ぎは、止まらない。

客席から久しぶりに眺めたターさんは、その姿も、人なつこい雰囲気もあの日のターさんと少しも変わっていなかった。だが、トレードマークの口髭がすっかり白くなり、背中も少し丸くなって、長い歳月を感じさせた。

ターさんと音楽の出合いは、中学時代のブラスバンドに遡るようだ。その頃、楽器の演奏に夢中になり、ギターやトランペットに魅力を感じた。20歳を過ぎた頃、ナイトクラブで演奏のアルバイトを始めたのがきっかけで、全国を渡り歩くようになったらしい。

しかし、経済成長とともに時代の変化は激しかった。

ターさんは赤い灯、青い灯のネオンの花が咲く夜の街から抜け出し、大道芸の広場に飛び出したのである。そして、自ら磨きをかけたトランペット人生に勝負をかけた。

大道芸の世界では、かつての夜のキャバレーの舞台で演じた生演奏がいい肥やしになっているようだ。広場や街角に集まる客の反応に敏感になるのは大道芸も同じである。

お客さんが面白がり、感動してくれれば一体感が生まれる。でも、自分の演奏がお客さんの心に響かなければ、その場から立ち去るしかない。

大道芸の面白さや魅力、深さを追求し続けて来たターさんがたどり着いたのが「人間ジュークボックス」だったのである。

私が初めてジュークボックスを知ったのは、大学に入学して間もない頃だった。自動販売機のように、硬貨を入れて聞きたい曲目のボタンを押すとレコードかかる。たちまち、街の飲食店や温泉旅館、ホテルになどに広がっていった。

だが、カラオケやＣＤが登場すると、戦後の一時代を彩ったジュークボックスは退場を余儀なくされた。

そんな音楽市場の激しい移り変わりをモノともせずに、「人間ジュークボックス」は、今もしぶとく生き続けている。

虐待、貧困、いじめ……子どもたちはいま、生きづらい時代を生きている。だが、ターさんと無邪気に戯れる姿を眺めていると、そんな現実を忘れさせた。

ターさんが子どもたちと心を通わす姿に、見守っていたお母さんたちは、のけぞって大笑いしていた。

主婦になった老博士

いまどき、どんな本が売れているのだろう。ぶらり散歩の途中、駅ビルやアーケード街の書店で立ち読みの梯子《はしご》をするのが日課になっている。

本は時代の語り部とも言われる。書店の入り口付近の目立つ場所に山と積まれた本を眺め、題名を目で追いながら社会の姿を考えてみるのも悪くない。

本棚に目をやって感じるのは長寿社会を映し出し、老年の生きかたをテーマにした本が日につくことだ。そこから高齢社会の断面が見えてくる。

沼津市の中心街にある書店には特設コーナーが設けられ、人の生き方、老い方について書かれた本が山と積まれている。棚には、名の知れた作家たちの興味をそそる本が並んでいる。『うらやましい死に方』『枯れてたまるか』『媚びない老後』『九十歳何がめでたい』『夫の後始末』『私の人生に老後はない』……

ホントかいな、と思いながらも、つい、手が伸び、パラパラとページをめくってみる。

老人向け指南本が売れている背景には、今日、長生きがあたりまえの世の中になったけれど、これから迎える長い老いの暮らしに不安を感じ、老後の日々を持て余している人が多いという現実があるからだろう。

「老いに立ち向え」。老人をけしかけるような本が多いなかで、『70歳、はじめての男独り暮らし』という新書に目がとまった。

気負いが感じられないタイトルに誘われ、手にとって飛ばし読みする。そこには、男の独り暮らしのありのままの日常が、淡々と綴られていた。これは、参考になりそうだな……自宅でゆっくり読んでみようと、その新書本を売場のカウンターに運んだ。

著者は山口大学医学部の教授を経て副学長を務め、難しい角膜障害の治療法を確立した眼科医の西田輝夫先生である。

西田先生は、日本アイバンク協会の常務理事もされていて、大学を退職したあとも目の不自由な人々に角膜移植のための献眼を呼びかけるなど、熱心に啓発活動を続けている。

私も献眼登録をしていて、これまでアイバンクの全国推進大会で西田先生の講演を聞いたこともあり、この本に親近感を抱いた。

山口市に暮らしている西田先生は3年前、同じ眼科医だった奥さまに先立たれた。独り残されてからは、男やもめの身で医療活動を続けている。

68歳で亡くなられた奥さまは、ご自身の病気と向き合い、寄り添いながら、あとに残される西田先生のことをとても心配されていた。闘病中もずっと気遣っていたようだ。

亡くなる間際まで、時間を惜しんで西田先生に家事の特訓をされたという。独り残される西田先生のこれからの暮らしを思いやり、家事特訓の合間にこんなことまで言っていた。

「私が死んだら、中洲（福岡市・博多）の若いお嬢さん方と楽しく遊んで過ごすのよ」

ずいぶん開けた、気前のいい奥さんである。独りになっても遊び心を失わず、老後を楽しく過ごしてほしいという先生への愛情を率直に、吐露されたのだろう。

それにしても、こんな思いやりの深い奥さんが世の中にいるなんて信じ難い。裏を返せば、奥さまは余程、西田先生に惚れていたのだろう。

西田先生と奥さまは再婚同士だった。ふたりの間に子共はいない。奥さまには先に亡くなった先夫との間に子共が2人。先生にも50歳のころ離別した先妻との間に3人の子共がいる。だが、いまはそれぞれ独立して家庭を持っている。

奥さまが亡くなった日を境に、先生は男やもめとして食事の仕度から洗濯、掃除まですべて家事をこなし、家計をやり繰りしなくてはならなくなった。

阪大医学部を卒業したあと大学に残り、研究や医学生の教育のために夜遅くまで研究室で過ごしてきた西田先生は、家庭を持っても家事とは全く無縁の生活を送ってきた。

「どんなに夜遅く帰宅しても、食事が用意されていました。ぼくは、掃除、洗濯どころか、書斎の整理すらしたこともありませんでした」

そう振り返る先生の日常は、奥さまが亡くなられた日から１８０度変わってしまった。

こんな状態が続けば、家事に殺されてしまう！　そう、心の中で叫んだことも一度や二度ではなかった。

再婚して16年。共に過ごした奥さまの面影を偲び、切なさと愛おしさ、それに空腹と闘う日々が続く。

西田先生は体格がいい。タテ、ヨコとも規格外で立派なメタボリック症候群。いわゆる肥満体である。あれほどダイエットができなかったのに、愛する奥さまを亡くしたストレスからだろう、体重が８キロも減ってしまった。

しかし、独り残されても、元気に生きてゆくためには、何がなんでも食べなくてはならない。最初の試練は「炊事」から始まった。簡単に済ませてしまう朝食はともかく、昼食、夕食をどうすればいいのか。メニューを考えるのもひと苦労だ。

自宅近くのスーパーに出かけ、慣れない買い物をする。

肉にしても、魚にしても、どの部位を買ってくればいいのか。買った食材は焼くのか、蒸すのか、炒めるのか……調理法を考えるだけでも頭が痛くなってしまう。

それに、どんな鍋や包丁を使えばいいのか、一から勉強しなくてはならないことが山ほどあった。ティッシュペーパーや調味料、洗剤など日用品にも目配りし、つねに補充して置かなくてはならない。

帰宅して夕食を摂るのは、西日が傾いて夕暮れが迫るころである。仕事の疲れもあり、献立を決めるのが憂うつになってしまうこともあった。

独りで食べていてもつい、奥さまを思い出し寂しくなってしまう。せっかく苦心してこしらえた料理も味気ない。そんな無味乾燥で辛い日が続いた。

でも、月日が経つうちに、料理をつくる段取りと順序は、自身が日頃、研究している医学の実験の手順と同じだということに気づいた。

大学で研究に明け暮れていた若いころを思い出し、調理することがだんだん楽しくなっていったという。問題は食べた後である。

料理をつくる達成感や満足感、それに満腹感でゆっくりひと休みしたいのに、あと片付けと食器洗いが待っている。これが正直、辛かった。

皮肉なもので、自ら炊事をするようになって改めて奥さまへの感謝の気持ちが湧いたという。炊事が一通りできるようになると、次に待っていたのは「洗濯」である。こちらも避けて通れない日常の家事だ。

まず、洗濯機の使い方を覚える。いくつもボタンがあり、どのボタンを押すと何が起こるか。それを理解するところから始めた。洗濯が終わると、干す、取り込む、畳む作業が待っている。

「格好良く、愉しく生きるのよ！」

病床でそう言って励ましてくれた奥さまの言葉を思い出し、このごろは、何とか清潔な身なりで出かけられるまでになったという。

もう一つの課題は、「掃除」である。

一年かけ、ある程度食事をつくることができるようになり、洗濯の作業も身に着いた。けれども部屋の掃除までは、とても手が回らない。

「生きていくことはこんなにたくさんのゴミを出すことなのか!?」

ある日、キッチンのゴミの山を眺めて、ため息をついてしまった。だが、いくら男やもめでも、ゴミ屋敷にだけはしたくない。

いつも部屋をきれいに片づけてくれていた奥さまに、また、また感謝しながら、「断捨離するしかないなあ！」と、毎日、せっせとゴミを捨てている。

「あらかじめ夫婦で家事を分担していれば、こんな事態になってもオタオタすることもなかったのに……」

一日の家事を済ませ、ひと息入れていると、そんな思いが脳裏をかすめる。

この本を一読して、私は老年を生きる男として身につまされた。

伴侶を失ってしまうと、男は孤独と闘いながら、果たして、歓びのある人生を全うできるのだろうか。

長寿社会になり、老いても百人百様の生き方がある。

「男のほうが先に逝くのだから……いや、その方が幸せだ」

世の中の男たちは、そう、うそぶいて、家事を軽く考えていないか。

だが、たとえ幾つになっても、男の家事は、もう避けられない。

世の中、どんなに偉い先生でも伴侶を失えば、最後は独りぼっちになる。家事と向き合いはなくてはならない日が必ず訪れる。

私は現役時代、単身赴任を経験しているせいか、家事の中で、掃除と食器洗いは、さして苦にならない。

洗濯も嫌いではない。でも、炊事はほとんどしないので、「これから料理を覚えなくちゃなあ……」、と思うときもある。

老いを素直に受け容れ、自立を果たさないことには安らかで張りのある好日は約束されないぞ！

わが身に、そう言い聞かせている。

子どもたちの貧困

モノがあふれ、私たちの暮らしは豊かになった。だが、その一方で子どもたちの貧困がいま、深刻さを増している。

私は高校を卒業するまで信州の田舎で過ごした。昭和20年代である。世の中は落ち着きを取り戻しつつあったが、みすぼらしい身なりをした、貧しい家庭の子どもは確かにいた。まだ、戦後の混乱を引きずり、物が行き届かない時代だったが、みんなが貧しかったので、ことさら気にするほどのことでもなかった。

この夏、社会福祉法人の読売光と愛の事業団から、ある審査の依頼を受けた。

――貧困の子どもたちを支援している全国の民間団体に少しでも資金援助し、福祉活動の後押しをしたい。ただ、金額が限られているので、すべての団体に助成することはできない。ついては、支援を求めて応募してきた団体の中から、どの団体に助成するのが妥当か、応募書類を審査してほしい。

光と愛の事業団が、助成金による子どもたちへの支援を新聞で告知し、募集したところ、「ぜひ助成してほしい」と、北海道から沖縄県まで65の民間団体から応募があった。

それから間もなく、支援活動の内容が具体的に書かれた応募書類が宅配便で送られてきた。玄関先で受け取った応募書類の束はずっしりと重かった。

その重さから、貧困に耐えて生きている子どもたちや、その家族の悩み、苦しみ、それに支援している人々の切なる思いが伝わってきた。

この夏、日本列島は経験したことのない、異常な暑さに見舞われている。いつもなら爽やかな風が吹く海辺の町でも日中の最高気温が36、7度と、連日、猛暑が続いている。

首筋を流れる汗をタオルでぬぐいながら、集中力を高め、ひとつひとつの応募書類に目を通してゆく。とりわけ、集中力と忍耐を要するハードな作業であった。

ときどき気合を入れ直しては1週間ほどかけて、子どもたちの貧困の実態と向き合った。

エアコンのない、北側の書斎の窓を開けっ放しにして、富士山と愛鷹山から吹き下ろすそよ風を頼りに作業を続けた。

集中力が時々エンストを起す。その度に、ひと休みしてキッチンへ向かう。冷蔵庫を開け、アイスクリームを口に放り込み、身体を冷やしては集中力を高め、応募書類と向き合った。

子どもの貧困が社会問題になったのは、10年ほど前からだ。厚生労働省が２００９年、国民の「相対的貧困率」の実態を明らかにしてから、注目されるようになった。

いま現在、世の中には大きく分けて2つの貧困がある。ひとつは、明日の暮らしもままならない、それこそ、生死にかかわるような「絶対的な貧困」である。もうひとつは、なんとか食べてはいけるが、世の中の多くの人と同じレベルの生活を営むことができない、言わば、「相対的な貧困」だ。

日本を含む先進国でいま、問題となっているのが、後者の「相対的な貧困」の実態である。政府の調査によると、わが国の相対的貧困率は、13・5%。17歳以下の子どもたちの7人に1人が経済的に生活困難な状態に置かれている。

たとえば、小、中、高校で1クラスに40人前後の児童・生徒がいるとしたら、そのうちの5、6人が貧困家庭ということになる。

モノがあふれ、一見、衣食が足りて豊かに見える、いまの日本の社会で、ちょっと信じられない実態ではないか。日本は物質的には豊かな国だと思っていたが、実は、先進国の中で子どもの貧困率が高い国である。

ちなみに、沼津市の子どもの貧困率は、全国平均よりやや低い、10%だという。つまり10人に1人が貧困家庭だ。

戦後の経済成長によって、日本は先進国の仲間入りを果たし豊かになったと聞かされてきたのに、なぜ、子どもの貧困率が高いのだろう。非正規雇用が増え、また、シングルマザーなど、ひとり親で子どもを養う家庭が増えていることが、その一因と言える。しかも、子どもの貧困率は年を追って上昇傾向にあるというから、見過ごすわけにはいかない。

ひとり親家庭の貧困率は全体の50％を超え、なかでも母子家庭が深刻である。そのほとんどは、離婚が原因だという。

近ごろの若い人たちは、あとさきを考えずに気軽に結婚し、子供を持つというのが、社会の実態である。そして責任感を欠いたまま、お互いが簡単に別れてしまう。そんな現代の無責任な風潮が貧困問題の背景にあるようだ。

さらに、働くシングルマザーの8割が非正規雇用であることも、貧困の大きな要因となっている。収入が少ないうえに、別れた夫から養育費が支払われているのは、たったの2割に過ぎないというから、親たるもの、無責任も甚だしい。

こうした現状を見かねて、子どもたちを貧困から救おうと、ここ数年、全国各地で民間の支援活動が盛んになってきた。法人から送られてきた審査書類を一つ一つ丹念に目を通していくと、さまざまな支援活動の実態が浮かんでくる。

子ども食堂や居場所づくり。フードバンクと言われる食料品の発送。不登校やひきこもり、発達障害の子どもたちへの支援。さらに、フリースクール、学習支援に子育て相談など、支援活動はさまざまで幅広く、多岐にわたる。

北海道苫小牧市のＮＰＯ法人「子ども総合支援ネットワーク」は、貧困家庭の子どもたちを救済しようと、市の商店街振興組合と連携し、「子ども茶屋」と呼ぶプロジェクトを立ち上げ、実践している。

商店街の中で、この支援活動に賛同する店が、地域社会で孤立している貧困家庭の子どもたちに居場所を提供している。子どもたちは、食堂のテーブル拭きや食器下げ、清掃などのお手伝いをする。それに応えて、店側は、学校帰りの子供たちの宿題や読書をする居場所を用意し、まかない料理も提供している。

店に食事にやって来る大人が子どもたちに声を掛け、しばらく一緒に過ごすなど、交流の場になっていることも少なくない。

地域ぐるみで貧困の子どもを見守り、支援する。希薄になりがちな地域社会の繋がりを取り戻す試みとしても大いに注目されている。

シングルマザーと、その子どもたちを支える一般社団法人「シンママ大阪応援団」は、４年前に立ち上げられた。

月末になると、困窮するシングルマザー世帯にお米や食料品を詰め込んだ「スペシャルボックス」を発送し、母子家庭の家計を支えている。シングルマザーの家庭は58世帯に及ぶ。

「スペシャルボックス」の中身は、お米をはじめ、さまざまな食料品、日用品などで、シンママ大阪応援団のサポーターたちから定期的に送られてくる。

登録されているサポーターは現在２７０人。その応援団がいま、60世帯１６０人の母子家庭を物心両面で支えている。

大阪人特有のノリのいいシンママ応援団と、シングルマザーの信頼関係も深まり、今では、いつでもＳＯＳを発信できる間柄になっているというから貧困家庭にとっては心強い限りだ。

福島県二本松市のＮＰＯ法人「あだたら青い空」は不登校の子どもたちと、その保護者を支援するフリースクールを開設したり、放課後の学習などを支援したりしている。20人ほどの子どもたちが通っている。

フリースクールは午前９時から午後４時まで。料理や陶芸、農業体験、スポーツ、楽器演奏など幅広く、子どもの自主性に任せた授業を実践している。フリースクールの基本的な考え方は、子どもたちがしたいことを自由にできるよう支援することだ。

佐藤昌弘理事長は、子どもたちの不登校についてこう話している。

「子どもの不登校は問題行動ではなく、自分を見つめ直す大切な心の反応だ。私たちは子どもに寄り添いながら自立を支援している。学校だけが勉強する場所だとは思っていない」

一週間ほどかけ、依頼された選定作業をすべて終えた。

　しかし、総額６５０万円に及ぶ助成金をどう配分したらいいのか、窓に映る富士山をしばらく眺めながら思案した。

　いずれも善意で、尊い支援活動であるから、優劣の差を簡単にはつけにくいし、心情としてもつけたくない。それに、善意に満ちた活動の中身を評価するのは難しく、悩ましい。評価する側に大きな責任が求められる作業でもある。

　私は、人々の善意で集めた助成金ができるだけ多くの団体に行き届くことを願いながら、多めに10数件の団体を選んだ。

　貧困の子どもたちの支援に汗を流す民間団体やグループの65％が、いま資金不足に陥っているという。活動を継続してゆく資金が足りない。運営の中心となるスタッフがいない。それに、運営をサポートするボランティアも不足している。

　そんな現場の声を耳にすると、これから先、子どもの貧困対策はあまりにもお粗末で、心細い気がしてならない。

　貧困は親から子へ連鎖する。家庭が裕福か否かで子どもの健康や学力が左右されてしまう。一度、貧困に陥ってしまうと、抜け出すのが容易ではない。

　それもこれも、日本の政治が貧困だからだ。政治家の対応の鈍さを憂えた。

先輩は遺して逝った

お世話になった会社を卒業して、すでに長い月日が流れている。

自宅でのんびり、ぼんやり過ごす日が多くなったけれど、この春は、珍しく慌ただしい日が続いた。

現役のころ、同じ職場で一緒に汗を流した先輩、後輩が久しぶりに顔を合わせるＯＢ会が相次いで開かれ、私はその度に上京した。

昼間、都心のレストランや居酒屋に集まり、杯を傾けておしゃべりを楽しむ。それぞれの近況を聴きながら、苦楽を共にした懐かしい現役時代を偲ぶ、楽しいひとときだった。

生意気で、向う見ずだった若いころの勇ましい武勇伝や失敗談も飛び出し、宴席は和やかに盛り上がった。だが、そろそろ感じ始めている老いの現実が話題になると、懐旧の思いが募り、熱燗が沁みた。

顔をそろえたのは、どちらのＯＢ会も気の置けない、年齢差も少ない６、７人の先輩、後輩のグループである。

こぢんまりとして、和気あいあいとした飲み会で、それぞれ話題が異なり、これからの生き方や関心の持ち方もまた、違っていた。

「温友会」と名付けたＯＢ会のメンバーは、78歳の先輩を頭に、71歳の私と、60代の後輩が顔を見せた。肉体的、精神的にもまだ余力のある後輩たちはさまざまな分野で定年後の新しい人生を切り開いている。

私が働き盛りだったころ、日本人の平均寿命はいまほど長くはなかった。サラリーマンの第二の人生は、社会から一歩退き、いわゆるご隠居さんになる人が多かったように思う。

その頃、定年を迎えて会社を卒業していった先輩たちの挨拶状を目にすると、「殊勝な心掛けの人が多いなあ」と、感心させられたものだ。

「これからは、時間があり余るほどあります。スポーツジムに下手なゴルフ、蕎麦打ち、それに俳句も嗜んでみようかと思っています」

「長い間、苦労を掛けて来た恋女房と共有できる時間を大切にして生きてゆきたい」

超高齢社会を迎えたいま、サラリーマンを卒業した定年後の人生の過ごし方は、ひと昔前とは大きく変わってきたようだ。

ＯＢ会に出席した後輩たちが差し出した名刺を手にとると、在職中に蓄積した経験や人脈を生かして私立大学の先生になって教壇に立ったり、政策研究大学院大学の研究員になったりして、それぞれ新しい世界を切り開いている。

まだ、60代の後輩たちは、現役時代と変わらず忙しく社会で活躍している。なかには、小説家の司馬遼太郎記念会誌「遼」の編集委員という肩書の名刺を差し出した後輩もいた。

そんな意気盛んな後輩たちから、

「先輩はいま、どんなことをされているんですか」

と、不意に問われ、仕事を離れて久しい私は、

「この年になれば、何を楽しみに日々生きていったらいいのか、それが残された人生の最大のテーマだよ……」

などと、禅問答のようなやりとりをした。

時代の変化を肌で感じさせるOB会だったが、なかでも、「旅」は共通したテーマだった。海外旅行が盛んで、そこで見たり聞いたりしてきたことが話題になり、みんな関心を寄せていた。私のように、海外旅行に出かけない、井の中の蛙には刺激的だった。

1年ほど前に股関節の手術をされ、ようやく人工股関節が体に馴染んできたと、明るい表情の先輩は、海外旅行はすでに50回を超えたという。

この夏には、おそらく人生の締めくくりになるであろう、最後の海外旅行を計画し、楽し

みにしているようだった。

第2次世界大戦中に、ドイツが行ったホロコースト（絶滅政策）の地であるポーランドのアウシュヴィッツ強制収容所に、家族と一緒に出かける予定だと言い、楽しみにしているようだった。

新聞記事によると、健康上も問題がなく、日常生活をふつうに送れる日本人の健康寿命は男性が71歳、女性が74歳だという。

健康寿命をさらに伸ばすには、日常的に働くことが最も効果的らしい。代わり映えしない、単調な老いの日々を過ごす私には刺激的だった。片田舎で、とぼけたようなことを言って、無為に過ごしているわけにはいかないな、と気持ちを改めた次第である。

もう一つのＯＢ会は、平均年齢が10歳ほど上の世代である。顔を見せた6人全員が70代。私が一番若い後輩だった。

現役時代、仕事と遊びを教えてくれた大先輩が半年ほど前に亡くなり、その先輩を偲び、追悼する懇親会だった。

去年の年明けに、その大先輩の呼びかけで新年会を開いたのだが、当の先輩が急に体調を崩してしまい、都内の大学病院に入院されてしまった。

人生経験が豊かで軽妙洒脱な先輩の話を楽しみにしていたので、みんな残念がり、がっかりして、寂しい新年会だった。

東京・京橋で新年会を開いたあと、病床の先輩をお見舞いしようと、私たちは全員で飯田橋にある大学病院に向かった。

ベッドに横たわり、点滴を受けていた先輩は私たちの顔を見ていたく恐縮していた。そして、点滴のビニール袋を吊るしたスタンドを杖代わりに転がしながら、最上階にある、都心の風景を展望できるレストラン喫茶に私たちを誘ってくれた。

午後の西日が惜しげもなく差し込むテーブル席でコーヒーを味わいながらしばらく歓談した。明るい表情の先輩と再会を約束したのだが、しばらくして、先輩は帰らぬ人となってしまい、願いは叶わなかった。

このごろ、弔いは家族葬が多い。先輩の奥さまは私たちに知らせることなく、ほんの身内だけで葬儀を営んだと、後日手紙で知らせてくれた。

遺された奥さまに哀悼の気持ちを伝え、亡くなった先輩にお世話になった感謝の気持ちを伝えたいと、みんなで東京・丸の内の料理店でささやかな昼食会を開いた。

奥さまの話によると、私たちが大学病院にお見舞いをしたあと、まもなく、先輩本人の希望で、大学病院を退院されたという。

都内にある自宅で、ご自身の生と死を見つめながら夫婦ふたりだけで過ごした穏やかな日々は、凝縮された、中身の濃い人生の終末だったようだ。

昔から仕事にも、遊びにも美学をもっていた先輩らしく、一切の延命治療を望まなかったという。

たとえ残されている時間は僅かであっても、ご夫婦が互いに濃密な人生を生きたいと自宅で過ごす日々を、自ら選択された。

日々、身体が不自由になってきたのでベッド中心の生活になってしまったが、奥さまと昔の想い出を語りあったり、気分のいい日は近くの公園を散策したりして季節の移ろいを感じながら静かに、穏やかに過ごした。

「俺が死んだら、遺骨は樹木の下に埋葬してほしい」

先輩はそう言い残し、秋のお彼岸が近づくころ、奥さまに看取られながら静かに旅立っていった。

この日、奥さまは持参した先輩のありし日のスナップ写真を大切そうにバッグから取り出して、宴席のテーブルの上に置き、最期の日々を淡々と語ってくれた。

私たちは、かつて先輩と職場で過ごした楽しかったころを思い出し、懐かしんだり、笑いを交えたりしながら、「老いと死」について語り合い、気分が安らぐ懇親会だった。

戦後、日本人は経済成長を味方に、積極的な生き方や生きる楽しさについて多くを語って来たように思う。

だが、その一方で、「死」について真正面から語り、向き合うことを避けて来たのではないだろうか。

ともすれば、人生の終わりである死をうしろ向きにとらえ、正面から語り合おうとしない空気が社会全体にあったように思う。

平均寿命が80歳を超え、１００歳以上の高齢者は全国ですでに5万人を超えている。だが、その80％が寝たきりの生活を余儀なくされているという現実を見過ごすわけにはいかない。それは、超高齢社会の陰の部分でもある。

近ごろは、葬儀やお墓のことを考え、前もって準備する「終活」という言葉も、日常的に語られ始めている。

それは、生を充実させるために、これまでタブー視されてきた「死」を語る時代認識が広まって来たということにほかならない。

亡き先輩を偲んだ数日後、奥さまからお礼の手紙をいただいた。

……先日はいろいろとお気遣いいただき、心より感謝申し上げます。

みなさまが夫に、あれほど温かな思いを抱いてくださっているとは……胸が熱くなり、夫に惚れ直してしまいました。

駅前広場の夜

公園の桜が咲き染める3月末、新しいカレンダーが届いた。

沼津市が作成し、新年度のスタートに合わせ全戸に配布している「市民カレンダー」である。

そのカレンダーは、大学ノートを見開きにしたほどの大きさで、1月から12月まで月ごとに上半分が風物写真、下半分が暦になっている。

お祭りや日々の行事、公共施設の連絡先なども載っていて、暮らしに役立つ、便利なカレンダーである。

わが家では毎日、家族の目が届く、市民カレンダーにとって最適の場所（？）であるトイレの壁に掛けてある。この市民カレンダーに花を添えているのが、写真愛好家の市民カメラマンたちが自慢の腕を競って応募し、採用されたカラーの風物写真だ。

さっそく、4月から翌年3月まで1枚、1枚風物写真を鑑賞しながら、おもむろにめくってみる。

国道1号線バイパス沿いに咲く春爛漫の桜並木、駿河湾に浮かぶ白い帆をかけたヨット、愛鷹山を背に一面に広がる浮島のひまわり畑、夏祭りで夜空を彩る花火、そして壮観な狩野川の鯉のぼり……

彩り鮮やかで、いずれ劣らぬ傑作のなかで、「煌めく沼津ステーション」と題した10月の暦のカット写真に目が止まり、しばらく見入った。

秋の夜長。闇の中に浮かぶＪＲ沼津駅の駅舎と、車のライトが描く南口広場の幻想的風景である。

この町に移り住んだ30年ほど前から、昔ながらの素朴な2階建ての駅舎と、歴史と文化の香りを漂わせる駅前広場に、私は魅力を感じてきた。

駅舎は赤煉瓦の東京駅のように歴史を感じさせる建造物ではない。かといって、近代的な高層ビルの中にある、近ごろはやりの商業施設に埋没した駅舎でもない。

低く、横に長い、素朴で明るい白壁の駅舎には、自然豊かな海の町を象徴するように開放感があふれている。それに、バス停とタクシーの溜まり場を備えた広場は、市民や旅人が憩える、開放的で素朴な市民公園の趣がある。

駿河湾の豊かな松原を表現するように、広場の左右に飛び石と、枝ぶりのいい7本の松を配した庭園。それに、マツバギク、チューリップなど季節の草花が色とりどりに咲く花壇もある。

広場の中央に３つのモニュメントと、「非核宣言都市」のスローガンを掲げた掲示板。それらすべてを包み込む明るい青空が、アメニティ豊かな、平和な街の空間を象徴している。

私は、この10年ほど、日本列島を北から南までよく旅をしてきた。行く先々の駅に降り、その町の玄関口である駅舎や広場を興味深く眺めてきたが、驚くほど画一的だ。

その土地の文化の香りに乏しく、味も素っ気もない。がっかりしてしまう駅舎と、駅前広場が少なくない。

市民カレンダーに応募したカメラマンはいったいどんな狙いで、この深夜の駅舎と広場を描こうとしたのだろう。

さっそく、カレンダーを作製した市の広報課に問い合わせ、撮影者を紹介していただいた。

中野俊之さんという中年サラリーマンである。

「人口が減り続け、沼津の街は日々寂しさを増している。そこで、沼津の顔であるＪＲ沼津駅と駅前広場を光り輝く、華やかな深夜の光景をとらえてみようと思いつき、幻想的な夜景を狙ってみました」

愛鷹山の麓に暮らしている中野さんは、夜景の狙いを、そう語った。

若いころからカメラが趣味だという中野さんは、秋の夜長に中学生の息子を誘い、駅前にある商業ビル「イーラde」５階の駐車場に上がった。

その駐車場から沼津駅舎と電車、それに広場をモチーフに狙ってみることにした。

華やかさを表現するには、やはり街の灯りが主題となる。シャッターを開放にしてレンズに収めることにした。

広場に出入りするタクシー、バスなど車のライトが、赤、白、紫、黄……色とりどりの光の曲線を描く。そして、七色の光線の傍らに、人影もなく、青白く浮かぶ深夜の駅舎の夜景を捉えた。

広場にも、人影はない。しかし、科学が作り出したいくつもの光の群れが駅と人のかかわりを連想させる幻想的な夜景である。

人々が行き交う鉄道の駅は昔から出会いと別れの場所として、歓びと哀しみが交錯し、旅情を漂わせてきた。

だが、文明社会が進んだいま、人々が忙しく通り過ぎてゆく駅や広場は無機質な構造物に変わってしまっている。かつてのような、人々の豊かな表情や旅情、人間的な温かさが失われてしまった。

沼津駅が開設されて１３０年になる。明治22年（１８８９）２月１日。国鉄東海道線国府津―静岡駅間が開通すると同時に、沼津駅が開業した。

当時の東海道線は熱海経由ではなく箱根の北側を通り、御殿場を経由する急こう配の難所を越えるルートだった。

鉄道と駅は、その時代、時代で人々の生活の利便性に寄与し、さまざまな価値を創造する文化を育んできた。沼津駅の開業で、自然豊かな海の町に新しい文化を運んで来たのは、皇室や首都・東京に暮らす上流階級の人たちだった。

駅が開設された4年後、島郷に沼津御用邸が造営される。

明るい光に恵まれ、やさしい風が吹く保養地として、東京の上流階級やお金持ちのご隠居さんたちが次々と別荘を建てた。「別荘文化」の幕開けである。

駅前広場には、乗降する紳士や淑女の姿が多く見られ、なかでも沼津の気候風土をこよなく愛されたのが明治天皇の皇后陛下、のちの昭憲皇太后だった。

明治39年（１９０６）、初めて御用邸を訪れてからすっかりお気に召され、主に冬の避寒を目的に毎年1月から4月にかけて滞在されたという。

御用邸では昭憲皇太后の孫にあたる裕仁親王（昭和天皇）も滞在され、近くの牛臥海岸を散策されたり、地元の人たちと和やかに交流されたりした。

汽車が大好きで、行動力のある昭憲皇太后は皇后時代も含め、ご滞在中は御用邸から馬車に乗り、よく沼津駅にやって来た。そして東海道線の汽車を利用し、興津や田子の浦などにお出かけになられた。

千本浜公園の松林に昭憲皇太后の「御座所」がある。

皇太后は、松原から少し離れた小高い丘の上から波静かな駿河湾の風景を眺めるのが大好きで、それを楽しみにされていた。

　くれぬまに沼津のさとにつきにけりしばし見てこむ海のけしきを

日が暮れる前に沼津駅に降り立ち、迎えの馬車で御用邸に到着された昭憲皇太后は、一刻も早く海の景色を眺めたいと心がはやったのだろう。この歌から、待ちきれない皇太后のお気持ちが伝わってくる。

３月末。駅前広場の中央にある大小４本のケヤキの木が薄緑の若葉をつけ始めた。そのケヤキの下の歩道に沿って３つのモニュメントが並んでいる。

ひとつは、「Ｃ５８　２３０」と刻まれた蒸気機関車の動輪と、鋼鉄製の蒸気釜の蓋である。持参したメジャーで測ってみると、動輪の直径は１メートル50センチもある。国鉄の分割民営化１周年を記念して展示された。

その左に、昭和48年に制定された「沼津市民憲章」を御影石に刻んだ碑が建っている。

「美しい自然と豊かな郷土を愛し、善意と思いやりをもって、温かい家庭と社会を育てます」

心を込めた文章から、市民の誇りや、明日への意気込みが伝わってくる。

沼津の自然を愛した作家、井上靖の文学碑もある。ソテツを背にした白い石像は「愛の母子像」と呼ばれている。

「もし原子力より大きい力をもつものがあるとすれば、それは愛だ　愛の力以外にはない」

昭和33年の夏、沼津市赤十字奉仕団が創立10周年を記念して建てた石像である。少し離れた花壇の端に、「非核宣言都市」と書かれた大きな看板が建っている。モニュメントや看板は、沼津の多様性と、平和を愛する市民の穏やかな人間性を象徴しているようだ。

沼津が車社会になって久しい。

しかし、鉄道の駅と広場はいまも沼津の玄関であり、街の顔であることに変わりはない。

モニュメントを建て、明るい街の景観を守ってきたのも、市民が駅と広場を愛し、誇りある精神文化を求めてきたからにほかならない。

このごろは、機能的で華やかな駅ビルや、利便性の高い駅が増えている。しかし、東京駅が魅力を感じさせるのは、丸の内の古い赤レンガの駅舎と、モダンな香りがする広場である。そこに多くの人が歴史的、文化的価値を求めているからだろう。

長きにわたり親しまれ、豊かな歴史と文化を育んできた沼津駅と、駅前広場。先人が耕してきた「駅文化」は、車社会の中で、これからどう継承されてゆくのだろう。

名画は風邪に効く？

京都の琵琶湖疎水の小径をたどり、関西の美術館をめぐる旅を思い立った。ところが、出かける前日の朝、急に寒気がして体がだるい。喉のあたりに違和感もある。

風邪を引いちゃったかな……新幹線の切符はすでに手に入れている。２泊するホテルも、予約済みである。

日ごろの心構えを悔やんだ。

なにはさておき、急ぎ、かかりつけの医院にかけ込んだ。院長先生に事情を説明し、診察してもらった。

院長先生は、私の喉を覗き、ていねいに診察してから、「喉が少し赤いですね。薬を出しますので大丈夫ですよ。せっかくのお出かけですから、気にせず行ってらっしゃい」

なんともありがたい、嬉しい言葉に感謝、感激である。

その夜は処方された風邪薬を飲み、早めに床に入った。そして翌朝、京都へ向かった。

ＪＲ京都駅の新幹線ホームに降り立つと、北風が驚くほど冷たい。

改札を出て、駅前のターミナルから観光客で混み合うバスに乗り込み、東山へ向かった。

晩秋から初冬にかけ、古都の景観を引き立てているのは、赤や黄色に染まったサクラやケヤキ、それに、イチョウ、トウカエデなどの街路樹である。

バスが走る表通りは、透明感を増したイチョウ並木が主役だった。

観光客でにぎわう河原町界隈は黄色に染まった木の葉が北風に舞い、新年を前に、せわしい師走の風情である。

銀閣寺の前で、バスを降りた。

琵琶湖疎水の分水の流れに沿い永観堂禅林寺まで1・5キロほどある「哲学の小径」をゆっくり散策した。すっかり裸木となったサクラに代わり、イロハモミジ、ヤマモミジ、それにドウダンツツジが疎水の両岸を真っ赤に染めている。

「さすが京都、見事な紅葉ですね……」

行き交う人たちからにぎやかな感嘆の声が聞こえてくる。幸運なことに、永観堂で秘宝の「みかえり阿弥陀」を拝観することもできた。

冷え切った吹きさらしの回廊を歩くのは風邪気味の体には少し堪える。だが、寺を囲むように３０００本を越すモミジはさすがに見応えがあった。

冷え切った床を踏み鳴らし、しばらく庭のモミジに目をやっていると、20年ほど前の、辛い秋を思い出していた。

東京から名古屋に単身赴任したばかりの私は、仕事の忙しさと、職場の人間関係に疲れ、体調を崩してしまった。

孤独な気分を、古都巡りをして自らを慰めようと妻と2人で訪れたのが、永観堂だった。回廊から眺めた燃える秋が、萎えた心をやさしく慰めてくれ、私は幾分、元気を取り戻し、職場に復帰した。

永観堂から再びバスで京都駅に戻り、初日は神戸駅の近くにあるシティホテルに泊まった。

翌朝早く、高速バスで瀬戸内海に浮かぶ淡路島を縦断し、徳島県鳴門市にある「大塚国際美術館」を訪ねた。観光の名所にもなっている、いま話題の美術館である。

世界25か国、１９０か所の美術館が所蔵する古代壁画から現代絵画に至るまで１０００点余の西洋名画が展示されている。

といっても、どれ一つ本物の名画ではない。すべて原画をコピーした「名画」ばかりである。

日本に居ながらにして世界の名画を――

こんなキャッチフレーズで、製薬会社である大塚製薬グループのタイルを生産している企業が特殊な技術を駆使して、原画と同じ大きさに複製した「そっくり画」である。

美術館員の説明によると、名画の作成過程は――

まず写真に撮った原画の色を分解し、転写紙に印刷する。次に、それを、陶板に転写し、さらに１３００度の高熱で焼き固める。すると、本物そっくりの「陶板名画」が完成する。原画と違い、２０００年は色が褪せる心配がないという。

うず潮で知られる鳴門海峡を臨む美術館は想像以上に大きな建物だった。展示スペースは地下３階から地上２階まである。

レオナルド・ダ・ヴィンチの「最後の晩餐」やピカソの代表作「ゲルニカ」、再現した「システィーナ礼拝堂」など、これでもかという感じで、「陶板名画」が溢れている。

陶板絵画すべてを鑑賞するには４キロも歩かなくてはならないというから、館内のレストランで食事を挟み、たっぷり1日がかりだ。いや、じっくり、「名画」を味わいたければ、１日ではとても無理だろう。

自分はいま何処にいるのだろう……現在地がわからなくなるほど展示室が多い。途中で妻とはぐれてしまい、互いに捜し合う事態になってしまった。あちらも、こちらを捜しているので、すれ違いの連続である。

遠くから一瞬、姿をとらえたのだが、場所が場所だけに大声を出して呼び止めるわけにもいかない。メロドラマに出てくる男女の「すれ違い」のようだ。30分ほどしてようやく再会を果たし、ひと息ついた。

３２４０円の入館料は、「名画」を鑑賞したと思えば安い。でも「コピー」じゃないかと言えば、ちょっと高いかなという気がしないでもない。

急いで館内をひと巡りしたのだが、名画を味わったというよりも、テーマパークで話題性を楽しみ、話のネタを仕入れた気分だ。

鳴門から再び、高速バスで神戸に戻り、倉敷へ向かった。

倉敷は江戸時代の寛永19年（１６４２）に幕府直轄の天領として代官所が置かれ、いまも栄華の歴史を偲ばせる。それに、雰囲気のある白壁の家並が美しい町だ。

岡山の西部。備中国《びっちゅうのくに》の物資の集散地で、街の中を流れる倉敷川周辺に豪商が集まってきて、舟で運ばれて来る米や綿花などを保管する蔵や商家が建てられていった。

柳並木の川沿いになまこ壁をほどこした白壁の蔵屋敷が建ち並び、美観地区としていまも大切に保存されている。

その中心的な存在が大原美術館である。

エントランスにロダンの「カレーの市民」と「洗礼者ヨハネ」の彫像があり、ギリシア神殿風の建物がひときわ目を引く。

大原美術館は昭和５年（１９３０）、実業家の大原孫三郎が創設した、わが国で最初の私立近代西洋美術館である。

町の大地主で、倉敷紡績を経営する孫三郎は志の高い人だった。事業を広げる一方で早くから富を地域社会に還元し、社会福祉や医療、文化の発展に力を注いだ。

そして、孫三郎と同年代の倉敷出身の洋画家、児島虎次郎を経済的に支援した。児島は油絵を描く傍ら、孫三郎に、日本の文化向上のために西洋のすぐれた美術作品の収集を勧めた。児島は、孫三郎の理解と支援を得て、ヨーロッパ各国を巡り、エル・グレコやモネ、ゴーギャン、マティスらが描いた絵画をはじめ、優れた作品を収集し、日本に持ち帰った。さらにエジプトや中国、朝鮮にも渡り、古美術品を収集した。

戦後、孫三郎の事業を引き継いだ息子の大原總一郎も、父親の遺志を大切に守り、文化、芸術に力を注いだ。

「生きて成長する美術館」を理想に掲げ、国内外の美術品を買い集め、大原美術館をさらに充実させてゆく。

６５０点を超す洋画や、彫刻、陶器、棟方志功の版画、それに静岡出身の芹沢銈介の染色工芸作品なども多く展示されている。音声ガイドの解説を聴きながら名画を一つひとつ、時間をかけてゆっくり鑑賞することができた。

エル・グレコの「受胎告知」、ゴーギャンの「かぐわしき大地」、クールベの「秋の海」、それに、よく知られているクロード・モネの「睡蓮」もある。

エコール・ド・パリと言われ、パリで活躍したイタリアの画家、モディリアーニの、長い首を傾げる女性を描いた「ジャンヌ・エビュテルヌの肖像」は、鑑賞する者に想像力をかきたて、陶板絵画では味わうことのできない原画の持つ深さと魅力を感じさせた。

私たちが名画の前に立ったとき、これは本物であるという潜在意識が想像力をいっそうたくましくするのだろうか。

先端の科学技術を駆使し、「芸術」をエンターテインメントにして地方創生をはかる新しいスタイルの大塚国際美術館。

一方、それとは対照的に87年の実績を地道に積み重ね、多くの優れた芸術家を育んだ歴史ある美術館として時代と共に生き続ける大原美術館。

新しい時代の美術館は多様化しているんだな……帰りの新幹線の中で、対照的な二つの美術館を比較しながら、その時代に思いを巡らせた。対照的な美術館の姿は、私たちに、芸術と、科学それぞれの「価値」を問いかけているようにも感じる。

旅を終えた井の中の蛙。満ち足りた、豊かな年の瀬ではあったが、芸術と科学の狭間で、私のオツムは少々こんがらがってしまった。

名画に圧倒されたのか、風邪はいつの間にか、どこかへ吹っ飛んでしまった。

詩人は強く、やさしい

スピードスケートの世界で長い間、活躍してきた小平奈緒選手がこの秋、リンクを去っていった。18年に及ぶ競技人生だった。

10月末、長野市のエムウェーブで開かれた全日本選手権女子５００㍍に出場し、８年連続13度目の優勝を果たし有終の美を飾った。

「私が表現できるすべてを描くことができました」

芸術的な表現で、そう語る小平奈緒さんは、２０２３年1月から信州大学の特任教授として、キャリア形成や健康科学などの授業を担当するという。

スケートを通した学生たちとの交流、企業や学校での講演活動など、第二の人生を実りあるものにしたいと語っていた。

小平選手といえば、記憶に残るのが、４年前に韓国・平昌《ピョンチャン》で開かれた冬季五輪である。

アスリートたちが演じる熱い戦いのドラマは、お茶の間の私たちを興奮させ、誇り高く幸せで、豊かな気分にさせてくれた。

「毎日が退屈男」を自認する私は、冬季五輪が開かれている17日間、炬燵《こたつ》にしがみつき、テレビを前に久しぶりに興奮の日々を過ごした。

人は感情的動物だというけれど、近ごろ、これほど涙腺を刺激され、晩酌を楽しませてもらったことがあっただろうか。

日本選手団の笑顔と、和のスポーツマンシップは平昌の空に爽やかな、心地よい風を吹き渡らせた。

とりわけ感動したのは、スピードスケート女子５００㍍で宿願の金メダルを手にした、主将の小平選手である。その優しさと思いやりは、世界の人々をも感動させた。

選手団が帰国した夜の記者会見は心がこもっていた。

笑顔の小平選手はまず、日本の人々の応援と、サポートに感謝の言葉を述べた。そして、「氷上の詩人」さながらに、込み上げる歓びをこう表現した。

「主将の私は選手団の目標として百花繚乱を掲げました」

そう切り出し、

「大切なことは、選手みんなが力強く戦い抜く姿を、日本のみなさまに見ていただきたかった。それぞれきれいな花を咲かせてくれたので、これからも、その花をいっそう輝かせる競技生活を送っていきたい」

金4、銀5、そして銅4個と、史上最多となる13個のメダルを手にし、咲き乱れる花々のように、華やかな風景を私たちに見せてくれた。

フィギュアスケート男子で、右足のけがを乗り越え、66年ぶりに五輪連覇を成し遂げた羽生結弦、銀メダルの宇野昌磨両選手のワンツーフィニッシュも圧巻である。

さらに、お茶の間を興奮させたのは、女子選手たちの活躍ぶりだ。

信州の山あいの町で育ち、小学生のころ、鼻水を垂らしてスケートに親しんだ私は、スピードスケートには、強い思い入れがある。

日本がアジア・太平洋戦争に負ける1年ほど前の1944年、北海道・帯広の原野で生まれ、戦後まもなく信州に移り住み少年時代を過ごした。

殺伐とした真冬の寒さと厳しさは、温暖な沼津では想像すらできない。

冷え込みが厳しくなる1月から2月にかけ、最低気温は氷点下10度を下回る。見渡す限り極寒の世界である。その頃、少年、少女たちの冬の遊びといえば、結氷した田んぼリンクを下駄スケートで滑ることだった。

戦後の復興は、緒についたばかり。まだ経済的に貧しく、モノがない時代である。皮製の靴スケートは、庶民の子どもたちには高嶺の花だった。

鼻緒のついた木製の下駄に鉄の刃を取り付けた、いわゆる下駄スケートというやつで氷の上を滑るのである。

厚手の足袋を履き、長さが1・5メートルほどある平たい真《さな》田《だ》紐《ひも》で足を下駄スケートにぐるぐる巻きつけて固定する。手がかじかみ、しっかりと足を下駄スケートに固定することが出来ず、緩んだ紐を何度も結び直しては滑った。

親切なお百姓さんが自分の田圃に水を張ったスケートリンクである。冷え込んだ日は夜明けとともに、その田圃リンクに出かけ、日が高くなる正午ごろまで滑った。

戦後の復興が軌道に乗り、暮らしが幾分豊かになると、お金持ちの坊ちゃんたちの間に靴スケートが普及していった。

わが家は経済的に余裕がなかった。ある日、学校から帰り、母親にせがんでようやく靴スケートを買ってもらった。その頃は、かなり値の張るものだったので、今でも懐かしく思い出す。

信州も北海道と並ぶスケート王国だ。

わがふる里からは高見沢初枝という女子選手が、１９６０年の米国・スコーバレー冬季五輪に出場し、私たちは応援した。５００メートル、１０００メートルでそれぞれ5位、３０００メートルで4位に入賞し、その快挙に日本中が沸いたのを、今も記憶している。

高見沢はその4年後もオーストリア・インスブルック五輪に出場したが、メダルに届かず、スケート選手を引退した。その後は、スケート界の縁の下の力持ちとして、後輩の若い選手たちを育ててきた。

高見沢の世界への挑戦は、半世紀を超えて同じ信州の後輩、小平の金メダルで実を結んだ。おそらく、高見沢先輩も小平選手の活躍を心から歓んでいるだろう。

小平選手が５００㍍に挑んだ日。私は、朝から落ち着かない気分だった。

巨額の放映権料を支払う欧米のメディアに配慮した日程なので、日本では夜の実況である。

午後９時前。テレビをオンにしてチャンネルを回すと、小平がインコースのスタートライン付近に姿を現した。アウトコースにはチェコのカロリナ・エルバノバ選手が立っている。

一発勝負だ。絶対、転ぶなよ、小平……私は胸の奥で呟き、テレビ画面をじっと見つめた。緊張感が高まり一抹の不安が脳裏をかすめる。

スタートラインに足を固定し前に屈んだ、その瞬間。ピクッと小平の体が反応し、「パン」と、乾いた号砲が鳴った。

怒った猫のように背中を丸めて肩を上げ、低い姿勢で力いっぱい氷を蹴り、腕を振る。

それは、アナウンサーの実況中継が追いついていけないほどの速さで、小平はまたたく間にゴールインした。

36秒94。五輪新記録である。

ゆっくりと滑走しながら、電光掲示板で自身のタイムを確認する。勝利を確信したのだろう、小平は幾分、抑えた表情で右手を斜めにかざした。

続いて滑走するのは、五輪3連覇を目指す、小平の親友でもある韓国の李相花《イサンファ》選手だ。

小平の見事な滑走に、場内は興奮冷めやらず騒然としている。五輪新の余韻が漂うリンクで、小平はゆっくりと滑走しながら、

「李選手たちの滑走を妨げないで……」と、促すようにしばらく人差し指を唇にあてていた。

結果は、37秒33——

その瞬間、小平選手の金メダルが確定した。

銀メダルに終わった李選手は、自国の旗を握りしめ泣いていた。

そこへ、大きな日の丸の旗で背中を覆った小平が近づいてゆく。そして二言、三言、言葉をかけ、李選手の肩をやさしく抱いた。

ふたりはしばらく抱き合っていた。そのとき、興奮が渦巻く氷上のドラマはクライマックスを迎えていた。

取材した新聞やテレビの報道によると、小平選手は韓国語で、

「チャレッソ（よく頑張ったね）」と声をかけ、それに答えて、李選手も、「あなたこそ立派です」と、互いに健闘をたたえあっていたという。

長年の友情を深めるふたりの美しくも感動的な光景だった。

興奮の一夜が明け、テレビのインタビューに応じた小平選手は歓びの中にも、友への思いやりを忘れなかった。

平昌五輪の直前に急逝したソチ五輪代表で、ともに切磋琢磨してきたのに突然帰らぬ人となってしまった友人の住吉都さんへの思いだった。

彼女が生前、

「奈緒がメダルを獲ったら、私が獲ったのと同じだよ」

と言っていた話を明かし、「都さんに報告できず残念です」と、言葉少なに言うと、涙がひとすじ頬を流れ落ちた。

「金メダルをいただくのは名誉なことですが、私自身がこれからどういう人生を生きていくのか、それが大切なことだと思っています」

朝から夜まで寒さをこらえ、居間の炬燵にしがみついて、テレビの実況にくぎ付けとなった日々……

冬季五輪が閉幕し、小平奈緒選手のスケート人生のラストランも無事に終わった。

確かで、思慮深い氷上の詩人、小平奈緒さんが語った言葉の余韻が、今も、わが家のお茶の間に漂っている。

ミラクルフルート

近ごろ、ミニコンサートが盛んである。

私たちの暮らしが豊かになり、多くの人が手軽でざっくばらんなコンサートに、安らぎや新しい文化を求めるようになったからだろう。

ようやく過ごしやすい陽気に恵まれた春の午後だった。誘われて、若い女性フルート奏者たちのコンサートに出かけた。

マンションの玄関から一歩外に出ると、燦々と降りそそぐ春の日差しとは裏腹に、街角を渡る風はまだ冷たい。

コンサート会場は、自宅から歩いて15分ほどの街中にある、市民がふれあう交流施設のホールである。

「ミラクル☆フルーツ」と、おしゃれなネーミングのフルートアンサンブルの若い女性たち3人が、息のあった3重奏で、市民に春の息吹をプレゼントしてくれるという。

日ごろは、惰性的でむっつり、会話の少ない老老暮らしのせいか、若い女性のフルート演奏と聞いて、久しぶりに気分が弾んだ。

フルートを奏でるのは長田恵美子さん、原賀昌子さん、鈴木理英子さんのうら若き女性トリオである。３人とも、春を思わせる淡い色のお洒落なワンピースを装い、それぞれ愛用のフルートを手に、笑顔で舞台に上がった。

ミラクルフルーツって、どんな果物だろう？

初めて耳にする。植物辞典を開いてみると、「西アフリカ原産の果物」とある。

その果実自体に甘みはないけれど、このフルーツを食べたあと、次に口に入れる食べものを甘く、美味しく感じさせる果物だという。

なーるほど……そんな気の利いた果物があったのか。

仏教などでいうところの、自分のことより、他人の幸せを願う「利他の心」に富んだ果物ということだろうか。

長田さんたちは沼津交響楽団のメンバーの一員である。ふだんは、それぞれ職場に通い仕事をしながら、夜間や休日にオーケストラの演奏活動に励んでいる。

そのかたわら、広く社会に目を配り、老人ホームや、身体に障害のある子どもたちの施設を訪ねては、愉しい演奏を披露して励ましたり、一般市民を前に気軽なロビーコンサートを開いて感動させたりしている。

そして、これまで培ってきた演奏による社会貢献を大切にしながら、フルートの魅力を幅広く表現し、音楽の豊かさを伝えている。

彼女たちは、フルーティストとして自己主張をするというよりも、ミラクルフルーツのように、まずは多くの人々に寄り添い、心地よく、音楽を楽しんでもらうことを心がけているようだ。

それが彼女たちの音楽との向き合い方であり、社会貢献でもある。

平日の午前中だというのに、会場は満席のにぎわいだった。

会場に入るなりオヤッと思ったのは、いつも見慣れたコンサートとはひと味違う、丁寧に趣向を凝らした会場風景である。

舞台で演奏する側と、鑑賞する側のカベを取り払い、なんとも微笑ましい、ざっくばらんな、家庭的で和やかな雰囲気を演出している。長田さんたちの日ごろの優しい心づかいが伝わってくるようだ。

この日。会場にやってきたのは、子育てに追われている若いお母さんと、その胸に抱かれた、ヨチヨチ歩きの乳幼児たち。それに、退屈な日常に、歓びと刺激を求めるお爺ちゃん、お婆ちゃんと、その予備軍である。

彼女たち3人が演奏する一段高い舞台の真下に、なぜか、水色のカーペットが敷いてあった。乳幼児と若いお母さんたちが、そのカーペットの上に陣取る。それを見守るように、背後の階段状になっているイス席にお爺ちゃんやお婆ちゃんたちが座って鑑賞する。何とも演出が行き届いた会場風景である。

3世代が一緒になり、和気あいあい、楽しい雰囲気のコンサートをプレゼントしようという、フルーティストたちの心配りである。

いよいよ、コンサートが始まる前、フルーティスト3人が舞台に上がり、代表して長田さんがあいさつをした。

「本日は、ようこそお出かけくださいました。わたくしたちは小さなお子さんたちを前に演奏をするのは初めてのことです。以前から、こんな楽しいコンサートをしてみたいなと、思ってきました」

そして、こう続ける。

「お子さんたちは心地よい演奏だと静かに耳を傾けてくれますが、あまり心地よくないと、泣いて騒ぐそうですね。きょうは、お子さんたちが泣いて騒がないように、しっかり、がんばります」

控えめだが、機知にとんだ長田さんの思いやりのある言葉に、会場は和やかな笑いと大きな拍手に包まれた。

オープニングは、わずか23歳の若さでこの世を去った、明治時代の夭折の作曲家、滝廉太郎の「花」を披露した。

柔らかい、軽やかな旋律が、会場をいっそう心地よい雰囲気に包んだ。

10年ほど前。九州へ旅行したとき、滝廉太郎ゆかりの大分県竹田市にある「滝廉太郎記念館」を訪れたことがある。そのときも、永遠の名曲「花」が館内に流れていた。

フルートの3重奏が運んでくるやわらかな春の調べを、3世代がひとつの家族になったように、和気あいあいとした気分で鑑賞し、楽しい春の雰囲気に包まれた。

乳幼児たちもフルートの旋律がよほど居心地よかったのだろう、お母さんの胸におとなしく抱っこされ、静かに、いい子にして聴いていた。

ブラームスの子守歌メドレーに続き、「夢をかなえてドラえもん」の演奏が始まると、幼児たちは、もうじっとしていられない。

お母さんの胸から勢いよく飛び出し、両手を上げて跳んだり跳ねたり、走ったり……興奮したのか、叫び声も聞こえてくる。

ハイハイしながら、私たちが座っている階段状の座席に登って来る元気な赤ちゃんもいる。

その赤ちゃんに手を差し延べ、やさしく見守るおばあちゃんと、お爺ちゃん……長田さんたち舞台の3人は、にぎやかな会場に合わせるように、軽快なメロディーを演奏し続けた。

会場の北側は、天井から床までガラス張りになっていて、春の陽気に包まれた街の風景が目に飛び込んでくる。

高層ビルや住宅が建ち並ぶ市街地の先に、愛鷹山のなだらかな裾野が広がり、さらにその上に、白く雪化粧した富士山が春の光を浴びて輝いていた。

東の方に目を転じると、遠くに箱根の山々が連なり、ガラス戸越しの風景に目をやりながら、春の訪れを告げるフルートのやわらかな音色が心地よかった。

いま、私たちはなんと、豊かで贅沢な時間を過ごしているのだろう。フルートのやさしい旋律を耳にしながら、今日ある人生に思いを巡らせ、幸せのときを過ごした。

「老後」という言葉に、はっきりとした定義はないという。それぞれが、老後だと思うときから老後の人生が始まるのだと思えばいい、という人もいる。

老後を「老年」と言って、ひとつの美意識をもっていた作家の中野孝次さんは、こんなことを言っている。

「閑暇がたくさんあるというのは老年の最高のぜいたくである。これこそ天の恵みだ。何をしてもよく、何をしなくてもよいというくらい、人間の生涯でこれほど恵まれたときはない」

私はサラリーマンを卒業して、すでに6年になる。あっという間の歳月だったが、このごろようやく、1日、1日を意識して大切に過ごしたいと、思うようになった。

ふり返れば、10年ほど前まで世間では「老後」という言葉がとても心地よい響きを持っていた。老後の人生が自由や幸せの代名詞のように語られもした。

だが、近ごろ、幸せな老後が幻想になりつつあるように思うのはなぜだろう。

高齢者を取り巻く現実は厳しさを増している。息子に成りすましたオレオレ詐欺や還付金詐欺で多額の現金を奪われ、途方に暮れる老人も少なくない。車のハンドルを握れば、アクセルとブレーキを踏み間違えコンビニに突っ込んでしまう。

苦労して貯めた老後の資金が不足し、その日暮らしの貧困に耐えなくてはならない老人も少なくないという。

大家族が当たり前だった昔のように社会や家族に見守られ、大切にされ、穏やかな気分で、余生を楽しむことも難しくなった。

♪どこかで春が生まれてる……

フルートが奏でる「四季の彩り」は、いつの間にか、子守歌からお爺ちゃん、お婆ちゃんを励ます調べに変わっていた。

黄昏の海

静かで穏やかな沼津の町に活気が蘇るのは、海洋レジャーを楽しむ人たちで賑わう夏の季節である。首都圏をはじめ関西方面からも大勢やって来て、ひと夏を楽しんでゆく。にぎやかな海の季節が間もなくやってくる。海のない信州の山あいの町で育った私は、子どもの頃から海に憧れ、この町に住みついてしまった。

〽海は広いな　大きいな　月がのぼるし　日が沈む……

その広大な海を見たことのない私は、幼稚園や小学校で先生のオルガンの音色に合わせ、無邪気に「海」の歌を歌ったものだ。

小学生のころ、クラスメートのほとんどが海を見たことがなかった。

私が初めて海を見たのは、小学6年生の夏だった。1泊2日で、新潟・柏崎の鯨波海岸へ修学旅行したときである。

蒸気機関車がけん引する列車に長いこと揺られ、海辺の町に辿り着いたとき、太陽はすでに西に傾いていた。

私たちはリュックサックを宿に預けると、注意を促す先生の話もうわの空で、一目散に白い砂浜に駆け出した。

砂浜でズック靴を脱ぎ捨てて裸足になり、解き放たれた子犬のように歓声を上げながら波と戯れた。波打ち際で、引いては返す波が面白くてたまらない。生まれて初めての潮の香りが心地よかった。

この目で初めて眺めた海——あの時の記憶は、今でも鮮明に蘇ってくる。信州の山ザルたちは、先生の注意もうわの空で、夕日が落ち、辺りが暮れなずむまで浜辺ではしゃぎ回った。

その晩、泊まった宿でもみんな興奮していた。日本海の潮騒が聞こえる広い畳の大部屋で布団を並べて寝たのだが、消灯時間になっても、眠れなかった。

時々、見回りにやってくる先生から、「誰だ！　いつまでも騒いでいる奴は……」と、叱られた。それがまた、面白くてたまらなかった。

生まれて初めて出合った海の記憶であり、忘れることのできない懐かしい修学旅行の想い出である。秋になるとたわわに実る黄金色の稲穂の海しか知らない私たちは、この修学旅行でカルチャーショックを受けた。

中学の修学旅行は東京、鎌倉、江ノ島へ。高校では京都、神戸の港などを訪ね、海の想い出は脳裏に少しずつ蓄積されていった。そして、いつか、海のある町で暮らしたい、と憧れるようになった。

想像の世界でしかなかった海は、やがて海の町に暮らすことを現実のものにしてくれた。30年前、沼津を終の棲家と決め、ようやく願いが叶った。いま、自然が豊かな駿河湾の海辺の町で余生を送っている。

海の魅力を追い求めている沼津海洋レジャー振興会（飯島浩人会長）が、シーズンを前に、「海の駅講演会」を開いた。

沼津と新潟を往き来しながら、駿河湾の江浦海岸でヨットを楽しんでいる大学教授の土方幹夫さんが、「沼津市の海洋活動への期待と、子どもの未来」をテーマに、興味深い話をされた。

「私の人生は、すでに賞味期限が切れてしまっているが、人間、いつまでも好奇心を持って生きることは、大事なことではないか」

そう、切り出した土方さんは、海洋レジャーの魅力をよどみなく語り始めた。

海洋レジャーを楽しむ映画俳優の加山雄三さんをはじめ、海を楽しむ男たちはみんな若々しい。

土方さんは椅子に背中をあずけ、講演するというよりも、サロンで海が好きな仲間とおしゃべりしているような雰囲気である。

土方さんは海洋学をはじめ、さまざまなマリンスポーツや、水遊びなど幼い子どもの自然教育の研究者として知られている。

私がいつもお世話になっている、市内で歯科医院を開業している飯島先生とは駿河湾でヨットを楽しむ仲間だという。

「沼津は海の資源が豊かだ。ガツガツお金を稼ぐよりも、のんびりと人生を楽しむことに価値観を持つ人が大勢やってくる。それが、いま、時代の潮流になっている」

沼津の海洋活動への期待や、子どもの生育環境としての海の大切さ、駿河湾の海の資源価値など、土方さんは興味深い話をされた。

駿河湾は伊豆半島南端の石廊崎と、西側の御前崎を結ぶ全長１６０数キロの長い海岸線に囲まれた海域である。

黒潮の分かれが駿河湾に流れ込み、ブリやサバ、カツオの漁獲量も多い。加えて、特産として桜エビやタカアシガニ、テングサなどにも恵まれ、生態系が多様で、日本でも有数な豊かな海だという。駿河湾の奥まったところにあり、43キロに及ぶ海岸線が続く沼津には、江浦、内浦、戸田などの小さな湾がある。

余暇時代を迎え、ヨットやダイビングなど海洋レジャーが盛んになり、首都圏や関西圏からも大勢の人たちがやってくる。

ついこの間、御用邸記念公園の堤から海を眺めていると、大勢の若者たちが楽しそうにヨットを操っていた。

「沼津の人たちは意識していないが、この海辺の町には温暖な気候風土、美味しい食べ物、のんびりした雰囲気。それにマイペースといった価値観が根付いているんですよ」

土方さんは、遊び心を持った人たちを誘う沼津の豊かな自然に、大いに魅力を感じ、「今でもこの町に住民税を収めているんだ」と、聴衆を笑わせた。

土方さんが指摘するまでもなく、沼津市民は駿河湾の資源価値を将来にどう生かすか、真剣に考える時を迎えているのではないか。それが、この町の永遠のテーマでもある。

戦後、急成長した産業経済がひと息つき、それぞれの地域の内発的な開発が急がれた昭和の末、「沼津は、周辺の町に取り残されている。ぼんやりしていないで、沼津の将来をしっかり考えてほしい」と、多くの市民から不平や不満の声が高まっていた。

市民の声に危機感を抱いた当時の渡辺朗市長は、早速、「海と人が親しむ、賑わうまち」をテーマに市民討論会を開いた。

大学の先生や、漁業組合、婦人会、自然保護団体の代表らが集まり、駿河湾の海をどう生かしてゆくか、丁々発止、語り合った。

駿河湾の海はいま、昔ながらの漁業や観光など経済的な資源というだけではない、新しい価値が見直されている。

暮らしの豊かさと共に、海洋レジャー指向が強まり、自然の風景を楽しむ人々の心と体をリフレッシュさせる余暇の豊かな資源にもなっている。海のさまざまな資源を活用する一方で、資源の保護を心掛けなければ持続可能性は失われてしまうだろう。市民討論会では、市民が積極的に管理してゆく海にしようと、確認し合った。

気ままな人生を送っている私は海の町に暮らしているのに、駿河湾の海で海水浴をしたことがない。魚釣りもしない。

千本浜や牛臥海岸をひたすら歩き、ただぼんやりといつまでも海辺に佇み、駿河湾の風景を眺めるのが好きだ。

黄昏が迫るころ、海辺をゆっくり散策しながら海鳴りを耳にしたり、松林や富士山を眺めたりして、想像の世界に身を任せているとき、生きる歓びと幸せを感じる。

若山牧水も、駿河湾の海をこよなく愛し、旅する歌人だった。千本浜の松林に囲まれた質素な家に暮らし、海岸を散策しながらたくさんの海の歌を詠み、こう語っている。

「沼津にはただ一つ自慢できるものがある。それは千本松原である」

海と、空と、緑を守ることを宣言した「沼津市民憲章」を起草された、真楽寺のご住職、勸山弘先生がお元気だったころ、先生の沼津観をお聞きしたことがある。

「このごろ、沼津はダメだと嘆く市民が多いですね。でも、沼津は、ここが素敵だよ、と自慢できるところはありませんか？」

すると、勸山先生はかしこまった顔で、こう答えた。

「いいところ？　ありますよ、ありますとも。何もしようとしないことです。それが、沼津市民のいいところかな……」

意表を突く言葉に、あっけにとられ一瞬、顔を見合せ大笑いした。だが、いま思えば、その言葉は一面の真理をうかがわせる深い意味を問いかけていたのではないか。沼津市民はおしなべて物欲へのこだわりを持たず、自然のあるがままに生きているということである。業者がひと儲けしようとしても、思い通りにいかず数年で撤退して行く。それが時代から時代へ引き継がれてきた沼津の風土でもある。

世界の海はいま、文明社会が廃棄した大量のプラスチックのゴミが漂流する汚れた哀しい海になっている。

「このごろ駿河湾の海も汚れてきたようだね」

土方先生は講演の終わりに、そう言って顔を曇らせた。

発車オーライ

さわやかな風が心地よい初夏の季節に、気軽な日帰りバスツアーを楽しんだ。

なにごとも前向きで人生経験豊かな老女、いや、淑女たちにまぎれ込み、日帰りバスツアーに参加した。

このバスツアー、浄土真宗真楽寺の檀家さんたちが仏さまの教えを学ぶ「みのりの会」の研修を兼ねた気軽な旅である。

毎月28日。真楽寺にやって来て、「帰命無量壽如来」で始まる正信《しょうしん》偈《げ》を唱える。そのあと、ご住職の勸山光明さんの法話に耳を傾け、仏さまの教えを会得する。

年に一度行われている檀家さんたちの親睦を兼ねた日帰りバスツアーは、すでに10年以上も続いている。この日は、真楽寺のルーツで兄弟のつながりがあるという神奈川県・国府津の勧山《すすめざん》真楽寺で参拝し、浄土真宗の開祖、親鸞聖人の足跡を訪ねた。

梅雨入り間近を思わせる厚い雲が垂れ込め、明け方からあいにくの雨模様だ。その上、むし暑い。身体が汗ばんで鬱陶しい気分である。

だが、それも、さして気を揉むほどのことでもなかった。

60歳から90歳まで、しとやかだが押しの強い淑女たちのエネルギーをもってすれば、雨、嵐なんぞどこ吹く風。笑い転げて日ごろのストレスを吹き飛ばす、楽しい旅の予感がした。

「天気予報だと、きょうはお天気になるはずだったのにねぇ、一体、雨男はだあれ？」

来た、来た、来たぞ……参加した数少ないオヤジさんたちに、早くも牽制球が飛んでくる。のっけから不規則発言が飛び出し、肩身の狭い思いをさせられる気配に、こちらはついていけない気分である。

何しろ参加者35人のうち、男性はツアーコンダクターの光明住職を含め5人しかいない。

「そのうち雨も上がりますわヨ」

80歳過ぎの、人生経験豊かなお婆ちゃんがまずは旅の雰囲気を和らげ、さあ、出発、進行！

貸し切りバスは雨除けのワイパーを忙しく左右に振り、激しい雨の中を突っ走ってゆく。

「これから高速道路に入ります。長生きしたい方、どうぞシートベルトをご着用願います」

ツアーコンダクターである勸山住職の指示があり、バスは飛沫をあげて東名高速を東へひた走る。まもなく足柄パーキングエリアに到着。早くもトイレ休憩である。

「このごろトイレが近いのよ。困っちゃうわ……」

そう呟きながら立ち上がり、笑顔の淑女たちは列をなしてバスを降り、急いでトイレに一直線。こちらも、その流れに身を任せトイレへ。

「ちょっと、ちょっと、こっちは女子トイレよ」

「あ、そ、そうでしたね。失礼しました……」

気がつけば、女子トイレの入り口に一歩足を踏み入れていた。

「みなさん、全員お揃いでしょうか。まだ戻っていない人、手を挙げて！」

ユーモアたっぷりのツアコンの点呼に、全員がのけぞって大笑い。ひと息入れてすっきりした淑女たちは再び、出発、いや、おしゃべり進行！

バスは小田原市内のインターチェンジで東名高速を降りた。

小田原は、よく知られた梅の産地である。たくさんの青い実をつけた梅林を抜けると間もなく、国道1号線沿いにある真楽寺に到着した。

石段を上った本堂で、若い副住職が寺の縁起について講話し、しばらく耳を傾ける。

親鸞聖人と縁の深いお寺である。

師である法然に連座し越後に流罪となった親鸞は、それが許されてからもすぐ京都には帰らなかった。親鸞聖人は常陸の国稲田の草庵を拠点に、20年の歳月を費やし関東一円の教化活動に奔走したのである。その間、親鸞はこの国府津にもたびたびやって来たという。

本堂と国道を挟んで湘南の海を望む高台に、親鸞が教化の道場にしていたという「勧堂《すすめどう》」と呼ぶ御堂が今も残っている。

天台宗の古刹である真楽寺は、安貞2年（１２２８）、親鸞聖人に帰依し、浄土真宗に改めた。

親鸞は貞永元年（１２３２）の秋、住み慣れた常陸の国から京都に帰る途中、この勧堂に立ち寄った。

親鸞聖人から教えを受け、別れを惜しむ僧侶や村人たちは、すがる思いで親鸞を引き留めようとした。村人たちの、その願いをかなえようと、親鸞は、それから7年もの間、国府津に逗留したという。

真楽寺をあとにして、バスは天下の剣と歌われる箱根の山へ。

老舗のホテルでランチのカレーライスを、みんなでおしゃべりしながらいただいた。窓越しに映る淡い色彩の紫陽花が見ごろである。

食事を済ませ、ひと息いれて周辺を散策するころ、雨はすっかり上がり青空が広がっていた。

親鸞は国府津で過ごしたあと京都に向かうため、弟子を伴い東海道の旅を続けた。

箱根峠の笈《おい》の平に、「親鸞聖人御旧跡　性信房訣別の地」と刻まれた石碑と歌碑が建っている。親鸞聖人はここで、性信房らふたりの弟子に向かって、こう言い聞かせ頼んだ。

「子弟を連れて上洛したあと、誰が東国の門徒を導いていくのか、私はそれが心配でならない。

ここから立ち戻って、私の代わりに教化してほしい」

この峠は、親鸞と子弟の辛く、悲しい別れの場所だった。


病む子をば預けて帰る旅の空心はここに残りこそすれ

研修の締めくくりに、芦ノ湖畔にある成川美術館で芸術鑑賞した。

この美術館には、これまで幾度か訪れているが、芦ノ湖の西方に富士山がそびえる美しい自然の中で名画を鑑賞できるのは最高の気分である。

平山郁夫、加山又造、堀文子、東山魁夷ら日本画壇の巨匠たちの作品と、久しぶりに出合い、ゆっくり鑑賞した。

巨匠たちの日本画に圧倒されたのか、少し落ち着いた様子の淑女たちは、館内では群れて騒ぐこともなく、名画をじっくり鑑賞しているようだった。そして、思い思いに記念のお土産を手に入れていた。私は、ずっと立ちっぱなしで少し足が疲れたので、湖に面したガラス張りの展望室でソファに体を預け、ひと休みした。

ラッキーなことに、雲の切れ間から残雪の青い富士山が姿を現した。芦ノ湖の上に聳え、雪を残した富士山を眺めていると、もうひとつの日本画を鑑賞している気分になった。

淑女たちもさぞかし、気分がよかったのだろう。帰りのバスの中はいっそうハイになり、ことのほか、にぎやかだった。

家族のこと、アジやシラスなど沼津特産の魚の干物の美味しい食べ方……次から次に話題を変え、笑い転げながらおしゃべりは尽きない。

大勢の淑女に囲まれたバスの旅は思いのほか、心を弾ませてくれた。だが、ゆくゆくは老人ホームにお世話になることを覚悟していること。認知症になったらどうしたらいいかという不安。終末期の話になると、元気な淑女たちのおしゃべりも、湿りがちだ。

長い人生で、老いを生き抜いてゆくことは、それぞれが「この世」と「あの世」にどう向き合っていくかということでもある。

親鸞聖人によると、「南無阿弥陀仏」と称えれば、阿弥陀仏の回向《えこう》、すなわち衆生済度によって、人は西方浄土に往生できるという。

しかし、その浄土とは、いったいどんなところだろう。この日のバス旅行のような気分で淑女たちと一緒に行けば、心強いに違いない。

このまま貸し切りバスで、ちらっとあの世を見学してきたい気もする。でも、淑女たちは、おっしゃるに違いない。

「だ、だめよ……あの世は日帰りではとても無理よ。もっと、もっと長生きして、人生を存分に楽しんでから出かけましょ！」

心友の贈りもの

やさしい風が春を連れてきた夕暮れのことだった。

いつものように散策から戻り、マンション1階の郵便受けを覗くと、夕刊と一緒に「ゆうメール」の封筒が入っていた。

何だろう?……封筒を手にとり、差出人の欄に目をやると、故郷の友人、S君である。

S君は、私が卒業した高校の同級生だ。

リビングでひと息つき、おもむろに封を開けてみると、白い、端正な外箱に収められた四六判の句集が現れた。

藍《あい》色がかった紫の布を貼った上品な表紙に、金色の楷書体で『句集　半世紀』と書かれている。

東京の大学を卒業したS君は、税理士の資格を得て故郷の信州・佐久市に戻り、昭和45年(1970)、自ら会計事務所を立ち上げた。ちょうど、わが国が高度経済成長の上昇気流に乗り始めたころである。

その会計事務所が設立50年の節目を迎えたのを記念して句集を編み、題名を「半世紀」と命名した、と手紙に書いてある。

税理士業を始めて10年ほど経ち、仕事が軌道に乗り始めた頃だった。気持ちにゆとりが生まれ、生涯連れ添い、楽しめる趣味をもちたいと思うようになった。

高齢になっても、農作業をしながら文芸活動に打ち込んでいた父親の薦めもあり、俳句に挑戦してみようと、早速、俳壇に投句し始めた。

俳句か短歌か、ちょっと迷ったが、17文字のほうが簡単だろうと俳句の世界に飛び込んだのだという。字数が少ないだけに、感受性が乏しく、語彙を知らない私にはプレッシャーがかかったけれど、新鮮な刺激にもなった――

そう振り返るS君は、句作を始めてから30年の間に、すでに3冊の句集を出版している。句集「半世紀」は4冊目となる。

平成17年（２００５）の白秋のころ、60歳の還暦を迎えたのを記念して、初めての句集「還暦」を上梓した。句集のあとがきに、知人や友人ら多くの人々への感謝の気持ちを表そうと、こんな句で締めた。

　還暦や白く寂しき山法師

経済成長の波が地方にも押し寄せ、会計事務所の日々の仕事が忙しくなるに連れ、句作への情熱もたぎってゆく。「還暦」から6年後の平成23年（２０１１）に『竹の春』、さらに、平成28年（２０１６）に『秋海棠』と題した句集を上梓した。

『竹の春』は、春に葉を落とし、秋に緑鮮やかに繁茂する竹のように、人生の秋を迎えても気分は青春でありたい。そんな願いを込めている。

そして、３冊目の『秋海棠』は、生家の庭に咲く秋海棠をこよなく愛していた亡き父と母を偲び、その思いを句集の題名にした。

　庵に植う孝《こう》妣《ひ》に手向く秋海棠

50年に及ぶ税理士業のかたわら、俳句の世界に飛び込んで30年の歳月が流れた。

ゼロから築き上げた税理士の仕事。その仕事に寄り添ってきた趣味の俳句。自身の人生を振り返ると、感慨もひとしおだろう。

開業したころは、電卓やパソコン、コピー機などがない時代だった。そろばん、手書きの帳簿、申告書はカーボン紙による複写である。今日のデジタル社会を眺め渡すと、まさに隔世の感があるという。

Ｓ君は日常の暮らしや、余暇を楽しむ旅行で感じるままに毎年、１２０句ほど「分身」を誕生させてきた。

５年間で６００句。その中から３５０句余を選び、自分史として句集にまとめている。

私たちは、昭和20年（１９４５）の終戦を挟んで生まれた世代である。

戦後の復興の中で少年、少女時代を過ごし、社会に出てからは、驚異的な経済成長下で猛烈に働き、物質的な豊かさを享受してきた。

だが、やがてバブル経済が崩壊。さらに日本人が価値観を変えてしまうほど衝撃を受けた東日本大震災に遭遇した。そしていま、経験したことのないコロナ禍の感染症が拡大する只中に置かれている。

気がつけば、日々、深まる老いと向き合いながら人生の下り坂を歩いている。

Ｓ君は、「人生の厳冬期、齢を重ねれば見えてくる景色もある」といい、これからの人生をいかに生きてゆくか、日々、前向きに考えている。

思うに任せない人生を力強く生き抜いてゆくために、私たちは一体、何を大切にしたらいいのだろう。

「私も後期高齢者の仲間入りをし、心身共に老いて来たけれど、老いて学べば死して朽ちず（佐藤一斉）のことばと出合い、心が動かされた」

人生には「青春」「朱夏」「白秋」「玄冬」という４つの季節がある。白秋から玄冬期に差しかかったいま、見えてくる景色も、きっとあるに違いない。

Ｓ君はこれからの余生は、「長寿は一つの文化」を実践して生きてゆきたいと語る。４冊の句集はそれぞれの時代を映し、心を打つ句が少なくない。

なかでも、私にとって『半世紀』は格別、思い入れが深い。それは、Ｓ君が沼津を訪れ、その風土を気に入り、豊かな自然や旧跡を俳句に描写しているからである。

４年前の梅雨のころ、Ｓ君は、奥さんと一緒に沼津にやって来た。

その旅の目的の一つは、沼津が生んだ名僧、白隠禅師の足跡を訪ねることだった。

久しぶりの再会だったので、訪れた日の夜は、狩野川の畔にあるホテルで会食し、沼津の銘酒と海の幸でしばらくぶりの再会を喜び、和やかに肝胆相照らした。

「沼津は狩野川と街の風景が素敵だわ。街の通りが広く、整然とした気持ちのいい街ですね」

Ｓ君の奥さんは初めて訪れた沼津の印象を、そう語っていた。

そんな感想を耳にして、私も、妻も気分がよかった。

翌日は、２人を車に乗せて、旧東海道を走り、原の松蔭寺に向かった。

松蔭寺は、禅宗の古刹である。創建は鎌倉時代の１２８０年ごろ。白隠さんが住職となってから、その名が全国に知れ渡るようになったといい、いまは、白隠宗大本山である。

貞享２年（１６８５）に生まれた白隠は、15歳の時に松蔭寺で出家し、19歳になると、諸国を行脚し修行を重ねた。そして24歳のころ、信州・飯山の正受老人を訪ねている。

正受老人のもとで厳しい指導を受けて悟りを開き、33歳のとき、松蔭寺の住職となった。

S君は、ことのほか、正受老人と白隠の縁に関心を抱いているようだった。

座禅堂の奥にある六角堂（開山堂）に安置された、眼光鋭い白隠禅師尊像を参拝し、ひととき座禅を組んだ。そのあと、お墓をお参りし、白隠産湯の井戸も見学した。江戸時代、東海道沿いに４００軒の家並があった宿場町の面影を辿り、しばらく辺りを散策した。

　風涼し白隠の墓富士を背に

そのあと、若山牧水の記念館へ案内した。千本浜に出て、谷筋に雪を残した霊峰の富士山を眺め、しばらくのどかな気分で浜辺を散策した。

S君と夫人は、沼津の自然が織りなす風景にことのほか感動したようだ。

　只見入る千本浜の夏の海

この町の人々が、長い間培ってきた平和な趣と気風の良さを感じとってくれたのだと思うと、市民として素直に嬉しかった。

私は日ごろから目には見えない、心で感じとるこの町の魅力は、一つの文化として大切に受け継いでいきたいと願っている。

白波の立つ駿河湾の海を眺めながら、新鮮なお鮨をいただいた。S君夫妻は海の幸と、初めて出合う風景に、驚きと感謝の言葉を重ねた。

美しい紫陽花が咲き始めた御用邸記念公園を案内したあと、三島市にある白隠と縁の深い龍卓寺を訪ねた。

俗人を寄せつけない粛然とした修行道場の佇まいが白隠の旅に花を添えてくれたようだ。

久しぶりに旧交を温めたあと、帰郷するご夫妻を三島駅で見送った。

　静謐を保つ山寺梅実る

それから間もなく、お礼の手紙が届いた。

「風景、味、文化、人……何という素敵なところにお住まいでしょう。言葉では言い尽くせない御もてなしを、ほんとうにありがとうございました」

コロナ禍が全国に広がり、このところ自宅で過ごす時間が長くなった。

だが、嬉しいことに、S君の贈り物は、退屈で息苦しい日々を、千本浜の波のように繰り返し私の心を豊かにしてくれる。

アジ党？　サンマ派？

秋が深まるころ、「紀州の殿様」の城下町、和歌山市を訪ねた。和歌山は初めての旅である。

三島から新幹線で大阪へ。大阪駅でＪＲ紀州線の電車に乗り換えて和歌山駅へ。素朴な佇まいの駅前広場に出ると、さわやかな青空が広がっていた。

生い茂るケヤキ並木が濃い影を落とす大通りを15分ほど歩くと、左前方に小高い虎伏山が見えた。そこが和歌山城址である。体を反るようにして見上げるほど高く積まれた石垣。３６０度、市街地を見晴らす天守閣で、徳川御三家、紀州55万石の栄華を偲んだ。

「わかやま」という地名の響きに、私は小学生の頃から穏やかで平和なイメージを重ねてきた。半面、東日本に暮らしている私たちに、和歌山はいまひとつ馴染みが薄い城下町でもある。

「和歌山ねェ、ミカンの産地っていうことは知っているけれど、イメージがわかないなぁ」

同じ関西の都市でも京都や大阪と違い馴染みが薄いせいか、私の周りにもピンとこない、首をかしげる人が少なくない。

瀬戸内海の大阪湾に面した和歌山市は年間の平均気温が16・7度。湿度66％。駿河湾を臨む沼津市と変わらない海洋性の温暖な気候に恵まれている。

ご存知のように、昔から紀州ミカンの里としても知られる。規模ははるかに及ばないけれど、沼津にも「内浦みかん」がある。

紀州の人はおおらかでお人よし、さっぱりした気性だという。駿府・静岡の県民性と似通っているところが少なくない。

静岡は東京を中心とする首都圏に隣接、和歌山は大阪を中心とする関西圏にあり、どちらも利便性が高い。そして、両県とも自然が豊かである。

便利で住みやすい半面、近ごろは若者の大都市への流出による人口減少と高齢化が進み、それぞれ共通の悩みも抱えている。中心商店街の中核をなすデパートの撤退など、沼津も和歌山も魅力的な街づくりに腐心するお家事情も似通っている。

和歌山市は昭和20年、戦争末期の空襲で、市街地の6割を焼失した。

しかし、戦後になると、復興の掛け声とともに大阪資本が押し寄せ、紀ノ川の河口一帯に臨海工業都市が形成されていった。経済成長の後押しもあり急速に発展してきた都市である。

江戸時代、紀州藩は享保の改革で徳川幕府の財政を建て直した8代将軍、徳川吉宗、それに幕末、維新の動乱に翻弄され、数奇な運命を辿った14代将軍、家茂を輩出している。言わば、名門の藩である。

さらに古くは戦国時代、織田信長と果敢に戦った真宗門徒を中心とする土着の野武士集団、雑賀党《さいかとう》の拠点としても知られる。

１泊２日のスケジュールだったが、歴史の光と影のなかで伝統文化を大切に守って来た紀州人の気概や矜持が肌で感じられる収穫の多い旅だった。

近ごろはどこへ行っても、ホテルの朝食は人手をかけないバイキング形式だ。宿泊した和歌山駅前のホテルも、バイキングだった。

朝食を摂る宿泊客の列に並び、手にしたトレイに料理を載せ始めたとき、壁際に立ちのぼる白い煙が目に入った。香ばしい匂いを乗せた煙は、やがて食堂内に広がり、宿泊客の嗅覚を刺激し始めた。煙のもとは、金網に載せてあぶっている、ご当地名産、サンマの干物である。旨そうな、食欲をそそる匂いに吸い寄せられた宿泊客たちは、テーブルの上に並べられた銀色の切り身を次々と金網に載せ、ほどよく焼きあがるのをじっと待っている。

これから高野山に出かけるという台湾の団体客も香ばしい匂いに誘われ、もの珍しそうに白い煙を囲み、顔をしかめ、目をこすりながらサンマを興味深そうに見つめていた。

こちらも、台湾の人たちに交じって、焼きあがったサンマの切り身を皿に取った。テーブルに戻り、その切り身を口に入れると、ジュワッとうま味を含んだ脂が口いっぱいに広がった。

台湾の観光客たちも目を丸くして、

「ヘン　ハオチー！（とてもおいしい）」と、互いに顔を見合せている。

サンマの干物は冷風をあてて乾燥させたり、天日干しにしたりするのが一般的だという。目の前の干物は火山灰を利用した灰干し乾燥だと、ホテルの従業員が話していた。

うず潮で知られる四国・鳴門の灰干しわかめにヒントを得て、サンマの干物づくりにも取り入れているようだ。

聞くところによると、日本のサンマ漁は和歌山県の熊野が発祥の地である。紀州の漁師たちは、秋から冬にかけ北海道や三陸沖から潮の流れに乗って南下してくるサンマを水揚げする。

朝食のおかず、それに晩酌のお伴として欠かせない魚の干物づくりの歴史は古く、はるか縄文時代にまで遡るそうだ。

日本の「食文化」は、昔からそれぞれの地方の豊かな自然と、伝承の歴史のなかで育まれてきた。南北に長い日本列島は、海と山、それに川に恵まれ、多雨と四季の変化で多様性に富んでいる。

昔から漁に熟達していた紀州の人たちは、サンマを美味しく、しかも1年を通して長く食べられるように、創意工夫を重ねてきた。

サンマといえば、私はすぐに塩焼きを思い浮かべる。だが、サンマにはびっくりするほどさまざまな調理の仕方や食べ方があることも、和歌山の旅で知った。
刺身、塩焼き、干物はもちろんのこと、ネギと味噌、二杯酢で和えたタタキや姿鮨、つくだ煮。サンマのぶつ切りに京ネギ、豆腐、糸こんにゃくを材料にしたすき焼き、さらには青紫蘇に包んで油で揚げる天ぷら……

サンマ漁の基地として知られる南紀勝浦では、サンマの丸干しを、それぞれの家庭でつくり、正月の雑煮の出汁《だし》にとり、ふるさとの名物料理にしてきた歴史がある。これこそが、豊かな風土がもたらした「食文化」と言えるのではないか。

ところで、魚の干物というなら元祖は沼津じゃないか。そう考えている沼津市民は少なくないだろう。沼津には少なくとも、奈良時代、いや、それ以前から魚の干物づくりに取り組んできた古い歴史がある。

以前、昔馴染みの職場の仲間と東京の築地で鮨をつまみながら一杯やっていると、「沼津だったら、高級でうまい魚が食べられるんじゃないの？」と、言われた。鮮魚はともかく、「アジの干物なら沼津だらぁ……」というのが、昔から知られているご当地の食文化である。

アジの干物づくりが始まったのは、江戸末期から明治初期にかけてだ。乾燥した西風と富士山の湧水を使ったアジの干物づくりは、半農半漁の副業として定着し、郷土の食文化を支えて来た。だが、魚の町を自負する沼津に、紀州のサンマのように多様な食文化を感じないのはなぜだろう。

それは「食文化」と「食産業」の違いではないか、と私は考えている。

大消費地の首都圏を控える沼津は、その地理的な優位性を生かし、乾燥設備の近代化や干物加工の技術革新により地場産業のゆるぎない基盤を整え、大量生産、大量消費の水産業として発展させてきた。

最盛期には全国に流通するアジの干物の半分以上が沼津産で、今でも40％を下らないという。そこに、紀州のサンマ文化との違いがある。

戦後の経済成長で水産業は急速に発展してきた。その一方で家庭の味としてこだわりのあるささやかな食文化は衰退し、存在感を失ってしまった。

しかし、今日、地域特有の食文化が観光の発展に大きな役割を果たし、文化が産業をリードする時代に様変わりしている。その土地の人情や文化に触れ、交流する観光が人気を呼んでいるいま、外国人も大勢やって来る。

沼津港の近くにちょっとお洒落な干物レストランがある。

アジ、キンメダイ、サンマ、イワシ、ホッケ、コチ……訪れる客たちは好みの魚を選んで注文し、仲間や家族とおしゃべりを楽しみながら干物を味わう。

今宵は冷え込みそうだ。鯵の干物で一杯やりながら、郷土の食文化復活の夢を語ろうぜ！

風薫る日に

「平成」から「令和」へ——新天皇の即位を祝う一般参賀が5月1日、皇居で行われた。朝早くから大勢の人々が皇居を訪れ、慶びに包まれた光景を映し出すテレビ画面をしばらく眺めていた。

かつて、御用邸が置かれていた縁もあり、沼津に暮らす私たち市民にとっても、新天皇の即位はとりわけ感慨深い。

歴史の大きな節目なので、テレビのニュースを見たあと、お祝いの気持ちを表したいと思い、沼津御用邸記念公園を訪れた。

歴史を偲ばせる大きな松が影を落とす正門を入り、受付で記帳した。

ザク、ザク、ザク……一歩、一歩、玉砂利を踏みしめる、乾いた、心地よい響きを耳にしながら、祝賀ムードに包まれた御用邸記念公園の庭を散策した。爽やかな初夏の風が、頬に心地いい。

太い幹の松林に囲まれた新緑の空間に、「松竹梅」の大きなオブジェが飾られていた。そのオブジェは、竹と梅を巧みにあしらい、新天皇即位の慶びを表現した芸術作品である。訪れる人たちはオブジェの前にしばらく立ち止まり、祝賀の気持ちを込めるように、にこやかに鑑賞していた。私たちもそのオブジェの前に佇み、ゆっくりと祝賀の雰囲気を味わい、イベント広場に向かった。

広場はにぎやかな鳴り物入りで盛り上がっている。いつもは豊かな自然に包まれ、静かな佇まいの邸内は、お祝いに訪れた人々でにぎわい、祝賀ムードがあふれていた。

市内にある加藤学園吹奏楽部の高校生たちが、仮設の舞台でマーチ（行進曲）を演奏し、その前で大きな旗を振り、若さと慶びをみなぎらせている。

沼津御用邸は、明治、大正、昭和と、三代にわたり天皇家の人々に愛用されてきた。

馬車や乗馬用の馬を飼育していた当時の馬小屋は改造され、今は訪れる市民のお休み処として利用されている。そのお休み処の入り口に、「天皇陛下が愛したカレーライス」と書かれた看板が立てかけてあった。令和の徳仁天皇はカレーライスがことのほかお好きで、皇太子時代、御用邸を訪ねられた折にも、好物のカレーライスを召しあがったという。

お祝いに訪れた若い家族連れや、年輩のご夫婦が年季の入った太い松の木陰でテーブルを囲み、にこやかに談笑していた。

私たちもロイヤルカレーとコーヒーを味わいながら、高校生たちのハツラツとしたマーチの演奏と、ダンスに拍手を送った。

沼津御用邸は、大正天皇が皇太子だった明治26年（１８９３）７月、ご静養のために造営された。国鉄の東海道線が開通して4年後のことである。

わが国が近代化の道を歩み始めると、東京やその周辺に、別邸として離宮や御用邸が次々と造営されていった。名誉なことに、静岡県内には沼津御用邸のほかに、静岡市や熱海市にも御用邸が造営された。

天皇家の保養地として交通の利便性など立地条件の良さに重きが置かれ、なにより温暖な気候と風光明媚な環境が求められ、御用邸造営の決めてとなったようだ。

私が沼津に暮らして30年が過ぎた。

暮らしのなかで日々実感しているのは、この町は自然が豊かなうえに、人心が穏やかなことだ。それに、東京からの交通の利便性も高く、自然と文明が絶妙に折り合っている。

それが人々を魅了し、心の安らぎを与えてくれるのだろう。

冬の温かさに加え、穏やかな駿河湾の海、美しい松林を控えた浜辺、そして振り返れば、富士の高嶺と、自然景観の魅力にあふれている。

それに加えて、長い間自然と折り合う暮らしをしてきた人々の穏やかな雰囲気も、御用邸建設の決め手となったようだ。

沼津市誌によると、御用邸建設の着工に先立ち、宮内省がこの辺りに暮らす住民に意向調査をされている。

駿河湾に臨む集落は昔から漁業が盛んだった。御用邸の建設予定地に網干場があったので、宮内省の職員が漁民への影響を確認しようと足を運び、聞き取り調査をした。

御用邸の建設は、この上ない幸せだと受け止めていた地元の人々は、

「御用邸を建設される際には、ぜひ、私共にも労力を献納させていただきたい」

と、積極的に申し出たという。

本邸が出来上がると、早速、皇太子さま（後の大正天皇）がご静養にやって来られた。一行30人は沼津駅に降り立つと、出迎えた専用の人力車で御用邸に向かった。

町の人々は人力車が通る沿道に整列し、日の丸の旗を振って歓迎した。そして、夜は21発のお祝いの花火が打ち上げられた。駅から御用邸に至る数キロの沿道には、たくさんの露店も並び、さながら夏祭りのような賑わいだったという。

東京から東海道線1本で来られる便利さもあり、明治、大正、昭和にかけ、天皇家の人々は沼津御用邸を頻繁に利用された。

退位された上皇（平成天皇）は、皇太子だった少年時代の夏休みに、弟の常陸宮（義宮）

と一緒に御用邸や、隣接した学習院遊泳場をたびたび訪れ、沼津の夏を楽しまれた。

戦時末期の昭和19年（1944）5月から2か月ほど、激しさを増す戦火を逃れて疎開されたこともあった。

御用邸百周年を記念し、沼津市が平成6年に編んだ「沼津御用邸百年誌」に、国文学者の金田一春彦さんが、こんな随想を寄せている。

……沼津御用邸が廃止になった後、下田市の須崎御用邸に明仁天皇（現上皇）を訪ねた金田一さんが、子どものころの愛唱歌を尋ねた。

すると、陛下は、

「私は海が好きで、〽松原遠く消ゆるところ……という、あの歌を歌うと、沼津の御用邸を思い出す。あそこはいいところだった。いまは変わってしまったろうなあ……」

そう、想い出を語り、しきりに懐かしがっていたという。

徳仁天皇が幼いころ、夏になると、天皇・皇后両陛下に連れられて、沼津御用邸を訪れ、親子3人で松林の散策を楽しまれたこともある。

そして、皇太子時代の平成12年（2000）2月には、雅子さまとご一緒に訪れている。

その後も、誕生された愛子さまと御一家で、浜風がやさしい沼津の夏を楽しまれた。

都市化に伴う環境の変化も考慮され、沼津御用邸は昭和44年（1969）に廃止され、77

年の歴史に幕を下ろした。

５０００本を超す松林に囲まれた御用邸は目立った装飾も、技巧を凝らした庭園もない平屋建ての簡素な佇まいである。

天皇家の人々がこよなく愛された御用邸は、沼津の人々にどのように受け止められてきたのだろう。

ありのままに言えば、沼津市民は皇室との関わりをとても名誉なことと受けとめていた。それは今も変わらない。

そして、御用邸が縁で全国にあまねく知れ渡るようになった知名度の高さに、郷土の誇りを感じ、その記憶や思いを時代から時代へと引き継いできた人も少なくなかった。

御用邸の存在が地域社会の経済に変化をもたらし、沼津という町の方向性を決めたことも、歴史上の事実である。

明治から昭和にかけ、別荘や学校の臨海施設、企業の保養所が建てられ、観光・保養都市として一躍発展した。引き継がれてきた歴史や伝統は、未来の沼津の方向性をも示唆している。

御用邸が記念公園に生まれ変わって半世紀。

ある意味で権力や権威の象徴として歴史を刻んできた御用邸は、私たち市民が内側を知ることのできない別世界でもあった。

しかし、市民の公園として開かれているいま、自然と触れ合い、心身を癒し、皇室の歩んだ歴史の一端を肌で感じられることを、郷土の誇りに思っている市民は少なくない。

上皇さんは、３年ほど前、退位の気持ちをにじませた「おことば」の中で、こう述べられている。

「何よりもまず、国民の安寧と幸せを祈ることを大切にしてきました」

美智子上皇后とともに、東日本大震災をはじめ、大きな災害にあった被災地をそのたびにご訪問された。

そして、私たち多くの国民が、ご夫妻がひざを折り、被災者たちにやさしく言葉をかけられ、人々を慰藉する姿を心に深く刻んできた。

また、長崎、広島、沖縄などへ出かけられて戦没者の慰霊の旅を続けられ、社会の弱者にも寄り添って来られた。

沼津の自然と御用邸をこよなく愛し、ひとりの人間として、また、国民統合の象徴として市民と触れ合って来られた上皇さまご夫妻。

天皇家の人々が国民に寄り添う姿に、私たち沼津市民は、格別な親近感を抱き、今なお誇りに思っている。

そして、令和天皇の誕生に感慨を深くし、幸せを心から祈っている。

午後の止まり木

ようやく春本番を迎えた。そぞろ歩きが楽しい季節である。

だが、やっかいなのが空中を舞うスギ花粉である。花粉アレルギーのある私は、このところ、両眼の瞼が痒くてたまらない。

「この春は、花粉の飛散量が多いでしょう」

今朝、テレビのお天気情報で、女性の気象予報士が警報を鳴らしていた。

朝、昼、晩と、両目に差している老人性白内障と、花粉症を予防する点眼薬が残り少なくなったので、かかりつけの眼科医院「復明館」を訪ねた。

玄関のドアを開け、待合室に入ると、正面のカベに貼られた白い紙が目に留まった。黒いマジックペンで「告知」と、手書きされている。

何のお知らせだろう？　近づいてみると、「閉院のお知らせ」とある。

「当診療所は、今年3月31日で閉院することと致しましたので、ご了承下さい。　院長」

そうか……とうとう、来る日が来てしまったか……私は軽いショックを受け、シューズをスリッパに履き替えないまま、しばらくその場に立ち尽くした。

受け付けを済ませ、待合室のソファに座ってからも、ぼんやりとこれから先のことを考えていた。

祖父から三代続き、多くの患者さんたちに親しまれてきた復明館が、とうとう長い歴史に幕を下ろす日が来てしまったのだ。

院長先生も高齢になっていたので、いつか、医院を閉じる日が来るだろうと予想はしていたが、まさか、こんなに早く来るとは……

人生は出会いと別れの繰り返しである。

それはわかっている。でも、いきなり別れの予告を目にすると、急に寂しさが募った。

「髙地さーん、どうぞ診察室にお入りください」

看護師の涼しげな呼び声がした。

いつものように簡単な視力検査を受けたあと、院長の鈴木羊三先生の前にある椅子に座った。

鈴木先生はいつもと変わらない様子で、淡々としている。

私の目に眩しいほどの光線をあて、丁寧に診察してから、

「白内障のほうは進んでいませんね。大丈夫ですよ」。そう言うと、さらに言葉を続けた。

「それで、今日は、後であなたの診療内容を紙に書いてお渡しします。これから先、診療を受けることになる医療機関に、この紙を持って行って渡してください」

「先生、ちょ、ちょっと待ってください。まだここに来るつもりです……困ったなあ、どうしてもお辞めになってしまうんですか。先生はまだお元気じゃないですか」

先生はうつむき加減になり、笑っていた。

「これからどこで診てもらったらいいでしょうか」

「眼科医院なら、ほかにたくさんありますよ」

先生はそう言葉を返し、多くを語ろうとしなかった。

老先生が続けて来られた復明館は、私にとって単に眼科医院というだけではない、とても居心地のいい、気分が安らぎ、ほっとする午後の止まり木のような場所でもあった。

医は仁術なり。このことわざは、もう死語になってしまったけれど、私にとって、復明館は患者として単に診療を受けるだけではない、気分の安らぐ心地良いサロンのような雰囲気のある空間でもあった。

先生とは医師と患者という関係を超えて気軽にいろんな話ができたし、受け付けの女性や看護師さんたちも、いつも笑顔を絶やさず、とても親切で居心地が良かった。私はここに通うのを楽しみにしていた。

診療がひと通り終わったあと受け付けで支払いを済ませ、渡された処方箋を携え、１００メートルほど離れた薬局に向かった。

応対に出た薬剤師の若い女性は、復明館の閉院を名残惜しむように肩をすぼめて言った。

「復明館の患者さんたち、ここに来ると、鈴木先生が辞めちゃうんですって？　と尋ねるんです。みんなとても残念がっています」

鈴木先生の話によると、患者さんの中には、30年、40年通っている人も少なくないそうだ。

「このあいだ、診察しているときに閉院の話をしたら、女性の患者さんに泣かれちゃってねぇ……」。さっき、診察が終わったとき、先生は笑いながらそんな話もされていた。

「復明館」という名称には味わいがあり、その由来をいつか先生に尋ねてみたいと思っていた。

「復明」と言う漢字の意味は、正確にはわからない。「復」は、「回復」とか、「復活」「復興」「復元」といった言葉のように、「明かりを取り戻す」、「視力を回復する」という意味があるのだろう。私はそう解釈している。

だから、「復明館」という名称は患者にとって、視力を回復する希望の響きやイメージがある。

先生によると、復明館の発祥の地は静岡市だという。静岡市で誕生したあと、分院として浜松、沼津、富士宮市に開設された。

沼津の復明館は先生の祖父が明治30年10月1日に開院した。以来、３代にわたり、１２０

年以上も続いている。いまの場所から２００メートルほど離れた仲見世アーケード商店街のあたりが当時は「藪小路」と呼ばれ、内科、耳鼻科、眼科などの医院が集まっていたそうだ。

復明館はこの藪小路からスタートした。明治維新とともに、沼津に近代化の波が押し寄せ、西欧風の文化を取り入れ、先進的でハイカラな町として輝いていた時代を彷彿とさせる。

先生は、今年87歳になられた。

沼津東高を卒業し、東京慈恵会医科大学に入学。卒業してから大学で10年余り助教授を勤められ、30年ほど前に故郷の沼津に戻り、父親から復明館を引き継いだという。

「先生、どうして復明館をたたむことにしたんですか」

「まだ、体力、気力はあるけれど、なにせ高齢だからね、診療に間違いを起こしてはいけないし……この辺りが引き際かなと思ったんだよ」

医学と医療の世界は日進月歩で変化している。眼科医療も細分化し、次々に新しい知識と技術が求められる。

激しい変化の時代に、今日まで医療の現場に立ち、多くの患者さんに接して来られたことを、先生は感謝していた。

復明館の居心地の良さは待合室の佇まいにもあった。

待合室にはいつも、ご自身が撮影した自然の風景写真が展示されている。春夏秋冬、季節の移り変わりとともに、訪れる患者は先生の診療を待つあいだ、カメラが描いた自然の風景を眺めて楽しみ、安らぐことができた。

先生の趣味は、山登りと、自然の風景写真を撮ることである。

アルプスなど標高の高い山を登るのが難しくなったこの頃は、沼津市内の自然散策に変わった。それでも1年に何回か休暇をとり東北地方に出かけ、風景写真を撮り続けている。

この10数年の間に『蔦・深呼吸　心のふるさと』『蔦・深心の気』という秀逸かつ、魅力あふれる写真集を出版している。

写真芸術を学んだ教室の先生で、写真家の石上茂さんは、鈴木先生のことをこう評価されている。

「羊三先生は、素直で誠実な作品を多く撮られ、好感が持てる写真家です。自然を愛しナチュラルな風物に魅力を感じていらっしゃる。あるがままに表現するのが実に優れています」

奥さまの出身地が青森の蔦温泉に近い山村で、十和田湖や奥入瀬、八甲田など、春夏秋冬、美しい自然の風景に魅せられてしまったようだ。

毎年、休暇をとり、蔦温泉に宿泊して撮影する旅は35年も続いている。

「緊張を強いられる診療の合間に、蔦の自然の中で深呼吸するのが至福のときでね、私にとって明日の力の源になっているんだよ」

先生の生涯現役を支えて来たのは、自然の「気」の世界から得る心の栄養と安らぎである。なんとなく春の愁いを感じる季節だ。これからの人生に思いを巡らす羊三先生は、静かな老いの日々にどんな生き方をされるのだろう。

「昔から池波正太郎や藤沢周平、それに司馬遼太郎の作品が好きでね、医院をたたんだら、また読み直してみたいなあ……」

読書のあとは、近くを流れる狩野川の堤を散策し、風光明媚な沼津の自然と戯れたいと言う。

「いつか狩野川べりで昔の患者さんと出会って、世間話なんかできたら最高だねぇ……」

閉院して２週間ほど経った４月半ば、閉院してしまった復明館近くの通りで先生とパッタリ出会った。

「先生！　どちらへお出かけですか」

そう、声をかけると、

「これから買い物に行くところなんだよ。毎日、やることがいっぱいあって忙しくてしょうがないよ……」

先生は、お元気そうに微笑みながら、商店街のある通りに向かって、すたすたと軽い足取りで歩いて行った。

蘇った愛の像

東京駅丸の内広場が、この冬、すっかり生まれ変わった。

白い御影石を敷き詰めた、広々としたモダンな駅前広場は、近代日本の歴史を偲ばせる赤レンガの駅舎とともに、西欧風の趣を感じさせる。

現役時代。それも、定年で退職する前の数年間、沼津から東京まで新幹線通勤していた。

東京駅の改札を出ると、ブルドーザやダンプカーなど重機が忙しく行き交う工事中の丸の内広場を眺めながら、大手町の職場まで歩いた。

退職して沼津に引っ込んでからは、東京が遠くなってしまった。すっかり生まれ変わった駅前の風景を、まだ、この目で確かめていない。

テレビ画面に映し出された駅前広場の風景を眺めていた私は、「よかった……」と、秘かに思った。それは、モダンな駅舎や近代的な駅前広場のことではない。

戦争の廃墟から立ち上がり、戦後を生きて来た多くの日本人のかすかな記憶の底に眠る「愛の像」が、再びこの広場に還ってきたからだった。

ブロンズ製の大きな像は、高さが７・８㍍もある。がっしりとした筋肉質の裸の青年が首都の大空に両手を高くかざし、力強く、世界の平和を祈っている姿である。

そして、「愛の像」を支える円形の御影石の台座には「愛」と、神の愛を意味するギリシャ語の「アガペ」の文字が、深く刻まれている。

大正から昭和にかけて活躍され、原爆が投下された広島平和記念公園の「祈りの像」を手掛けた彫刻家の故横江《よこえ》嘉純《よしずみ》さんが制作した作品である。

横江さんが芸術家として人生のすべてをかけ、丹精を込めた「愛の像」は敗戦から10年たった１９５５年（昭和30）に丸の内広場のほぼ中央に建てられた。

この「愛の像」を無償で制作した横江さんは、

「世界の平和を祈る像は、そこに、愛がなければならない」

と、自らの制作に対する信念を語っていた。

完成した「愛の像」は傍らの大イチョウの成長を見守りながら、平和を力強く叫び続けるように戦後の風雪に耐えてきた。

ところが、この「愛の像」は、東京駅の地下鉄工事で一時撤去されてしまった。その後も駅舎の復元工事などが続き、長い間、広場を行き交う人々の目に触れることはなかった。

今では丸の内広場に、「愛の像」があったことさえ、記憶の彼方に霞んでしまっている人も少なくない。それに、この「愛の像」がいつ、どんな理由で建立されたのか。今日、それを知る人は少ないだろう。

「愛の像」を生んだのは、１９５３年（昭和28）12月に刊行された『世紀の遺書』というＢＣ級戦犯たちの遺稿集である。この『世紀の遺書』の発刊と、「愛の像」の建立に力を尽くしたのが中村勝五郎（正行）という、市井に生きた積善の人だった。

勝五郎さんは千葉県市川市で味噌醸造業を営む旧家のご主人であり、成田や青森に牧場を所有する馬主でもあった。

どれくらい前のことになるだろうか。私が市川市にある勝五郎さんのご自宅を訪ね、初めてお目にかかったとき、勝五郎さんはこんな話をされていた。

「あの悲惨な戦争体験が時の流れとともに風化していくなかで、多くの名もないＢＣ級戦犯の悲劇が忘れ去られようとしています」

静かに、そう切り出した勝五郎さんは、

「父母や妻子に言葉を尽くして処刑台に上がっていった彼らの最期の言葉こそ、反戦の叫びにほかならない」

そして、こう、言葉をつないだ。

「戦後の平和な時代に生まれてきた多くの若い人たちに、この遺稿集を通して戦争と平和の意味を、もう一度問いかけたい」

中村家の当主は代々「勝五郎」を襲名している。正行さんは3代目の「勝五郎」だった。

勝五郎さんは、父親とともに家業に励むかたわら、若いころから文化や芸術にも造詣が深かった。

日本画壇の東山魁夷、中村岳陵画伯らがまだ若く、画家として研さんを積んでいる最中で作品が売れていないころ、中村家は自身が所有する住宅を提供するなど経済的な支援を惜しまなかった。

自宅の応接間には、中村画伯が描いた勝五郎さんの母親の和服姿の大きな人物像が飾ってある。

勝五郎さんは早大理工学部の石油工学研究室で代用燃料の研究をし、戦時中は海軍に所属して、本土決戦に備えていたという。

敗戦後、「平和に対する罪」に問われたＡ級戦犯、「人道に対する罪」のＢＣ級戦犯のうち処刑された人たちは東京巣鴨拘置所をはじめ、中国、シンガポール、ビルマなどで１０００人を超える。

日本と連合国の間で戦争終結のサンフランシスコ講和条約が成立したあと、巣鴨拘置所の戦犯の有志たちが遺稿集の編纂を思い立った。

二度と再び過ちを繰り返さないために、巣鴨だけでなく、中国や東南アジアなど遠く異国の地で処刑された日本人の「最期の言葉」を後世に遺そうという強い思いが、遺稿集の編纂に駆り立てたのだった。

戦犯の遺族との交流をことのほか大切にし、彼らを励まし、遺族の面倒をみてきた勝五郎さんは、戦犯となった人たちから遺稿集発刊の相談を受け、資金面の援助を約束した。

そして、当時の金額で２００万円を超える多額の出版経費の全額を負担して支援したのだった。有志たちは刑死した戦犯の遺族らの協力で日記や随筆、手記、詩歌など７０１編の遺稿を集め、出版に取り組んだ。

これらの遺稿は20世紀が後世に遺す「遺書」の意味を込め、遺稿集「世紀の遺書」と名づけられた。『世紀の遺書』はＡ５判の大きさで、実に８００ページに及ぶ。

表紙の装丁は中村画伯が「三羽のハト」、それに見返しの「桜」を描き、外箱の装丁は東山画伯が「黎明の連山」を描いた。

中村勝五郎さん、東山、中村画伯とも、共に無償の奉仕であった。

世紀の遺書は４版を重ね、貴重な文献として全国の小学校校長会が買い上げるなど１３０００部が販売された。後に復刻版も出されている。私はその復刻版を手に入れた。

あの戦争を主導したA級戦犯とは異なり、ＢＣ級戦犯たちの平均年齢は40歳に満たない若い人たちである。

その多くが、遺稿集に妻や子、父母、兄弟姉妹に死の渕から尽きせぬ思いを寄せている。

教育社会学者で戦後、文部大臣を務められた永井道雄さんは、『世紀の遺書』について、こう語っている。

「戦犯たちの、どの文章にも優しさが込められ、それは、肉親に対してだけでなく、敵国や外国の人々にも及んでいる。この『世紀の遺書』は、戦犯を憎むのではなく、戦争の愚かさや悲劇を、後に遺される家族や日本の人々、また人類に伝えようとしているのです」

さらに、こうも語る。

「この題名をつけた人は人間の歴史、20世紀という現代にすぐれた洞察と、本質を見抜く直観を持っていたに違いない」

『世紀の遺書』の刊行によって、２００万円近い収益金を手にすることが出来た。

その収益金を得たことから、勝五郎さんは、戦犯となり刑死した人たちへの祈りを込め、何か後世に遺したいと考えた。

そして、戦争の悲劇を永遠に忘れないために、切なる思いを込めて平和を願う像をつくりたいと、横江さんに制作を依頼したのだった。

それが、丸の内広場の「愛の像」である。

多くの人々の奉仕によって建てられた「愛の像」であるが、いわゆる戦争犯罪というものをどのように受け止めるかは、人それぞれに思いや、考えがあるだろう。

「愛の像」には由来の説明がない。そのことが、その難しさを浮き彫りにしているように思う。

だが、愛の像の設置場所として東京駅の丸の内広場が選ばれたのは、戦時中、５００万人にのぼる兵士たちが戦地へ出征し、再び母国に帰還することが約束されない「別れの広場」になっていたからだ。

あの戦争終結から長い歳月が経っている。このところ、世界的にナショナリズムの風が吹き始め、人種差別や憎しみが広がり、日本を取り巻く国際情勢は混沌としている。

歴史は繰り返すといわれる。

人々の分断と不穏な対立への回帰は永遠の平和を願う人類に如何なる悲劇をもたらすのか。予断を許さない。

しばらくご無沙汰してしまったが、春になったら久しぶりに東京に出かけ、首都の空気を吸って来たい。

そして、東京駅丸の内広場をそぞろ歩きながら、愛の像の前で「平和」の尊さをもう一度、噛みしめたい。

青春の蹉跌

「山の日」が、国民の祝日になった。それにちなみ、山男で作家の深田久弥が書いた、永遠のベストセラー『日本百名山』を読んだ。

初版本は東京オリンピックが開かれた１９６４年（昭和39）7月、新潮社から出版されている。もう半世紀以上も昔のことになるが、山男ならずとも読んだ記憶のある人は少なくないだろう。

近ごろは、上から下まで華やかなファッションに彩られた山ガールたちも現れ、山登りの魅力と人気はいっそう高まっている。登山ブームは新しい時代を迎えているようだ。

沼津市立図書館の司書さんにお願いして、書架からハードカバーの『日本百名山』の初版本を探し出してもらった。本の奥付には「沼津市立駿河図書館」と、色褪せた青インクの判が押されている。背表紙が擦り切れ、かなり痛んでいた。

手にとってみると、表紙と本体がグラグラして、いまにも剥がれ落ちそうだ。それに、ところどころにシミも付いていて、相当くたびれている。

しかし、それは、時代をまたいで長い年月、多くの人々に読み継がれてきた『日本百名山』の人気の高さをうかがわせた。古い一冊の本の姿はまぎれもなく多くの読者を魅了し、人と本が共に歩んできた証しだと思うと、改めて歴史が偲ばれ、読んでみたい気分に誘われた。

日本は世界でも有数の山国である。北海道から沖縄まで南北に弓型に延びる列島に、いくつもの脊梁山脈が連なっている。国土の67％が森林に覆われ、人々は太古の昔から山の恵みを得て暮らしを支えてきた。加えて、日本人は信仰の対象として山の神を崇拝し、豊かな山の文化を育んできた民族でもある。

北は北海道から南は沖縄の島々まで、名山にふさわしい山が数えきれないほどある。その中から、深田さんは如何なる物差しで深田流「百名山」を選んだのだろう。

『日本百名山』を読み進みながら、山にまつわるさまざまなことを考えた。

深田さんは半世紀に及ぶ自身の登山歴を振り返り、選ぶ基準として、まず、山の品格を挙げている。私たち人間社会でも「人品骨柄」と言われるように、人柄の良し悪しは、とても大切なことである。

「厳しさや芯の強さ、美しさなど人々の胸を打つ山を第一に選んだ」

深田さんは、『日本百名山』にそう書いている。

次に、その山に人々がどう関わって来たのか、その長い歴史を尊重し、霊がこもっている山であることを挙げている。

そして３番目は、個性豊かな山を選んだという。その山だけが持っている独自の歴史や文化を大切に考え、強烈な個性に魅かれる山である。山高きをもって、尊しとせず——この言葉を念頭に、標高１５００㍍を超える山を、ひとつの基準として独自に選んだ。

指先でパラパラとページをめくり、目次と地図を見て「百名山」の中にこれまで私が自分の足で登ったことのある山を探してみた。

上州三山と言われている赤城山、榛名山、妙義山、それに草津白根山。信州の浅間山、八ヶ岳、荒船山、中央アルプスの駒ケ岳。伊豆の天城山、愛鷹山、それに日本一高い富士山……そうだ、いつもの散策で見慣れている沼津アルプスを忘れてはいけない。この程度の登山履歴では、〽山男にゃ惚れるなよ……などと、大きな声で歌うわけにもいかないだろう。

浅間山（２５４２㍍）と、八ヶ岳（２８９９㍍）は、大学に進学するまで毎日のように眺めて暮らした、懐かしいふる里の母なる山である。

その山容は誰が眺めても美しいと感じるだろう。

深田さんが指摘するように、品格と厳しさを備えた、堂々たる名山である。その二つの山の姿は今も、私の身体に沁み込んでいて、郷土の山という思い入れも深い。

突然、噴火して猛り狂うこともあった活火山の浅間山は、水田や桑畑が広がる佐久平のわが家からも、学校の教室の窓や畑中の通学路からも、その端正な姿を眺めることができた。小説家の島崎藤村は、「小諸なる古城のほとり」で始まる「千曲川旅情の歌」で、「暮れ行けば浅間も見えず　歌哀し佐久の草笛……」と、詠っている。長い、なだらかな山裾と、赤く染まる夕映えが美しく、やさしい女性、とりわけ母なる山を思わせる。

これとは対照的に、蓼科山（２５３０㍍）から南へ連なる八ヶ岳連峰は、鋭く切り立ち、起伏が激しい。荒々しさを感じさせる男性的な山である。

信州は海のない山国なので、人々は昔から自然の恵みや、心のよりどころを山に求めてきた。だから、昔から山との関りを大切にしてきたのだろう。

それは、〽北方に浅間火の山。南方に八つの郡峰……と、高校の校歌に歌われ、教育指導にも現れていた。小学6年の遠足は浅間山に登った。そして中学2年の夏には山小屋に1泊する八ヶ岳縦走登山が恒例の行事となっていた。

ところが、不運なことに、八ヶ岳登山は、台風の影響で中止となってしまった。故郷の名峰に登るチャンスを逃してしまったのは、心残りだった。

いつか、八ヶ岳に登らなければ……高校を卒業して故郷を去り、東京で暮らしてからも、義務感のような思いがずっとつきまとっていた。

深田さんが初めて八ヶ岳に登ったのは大正時代の末から昭和の初めにかけて、20歳前後の頃だったという。

……赤岳鉱泉に1泊し、翌日、中岳を経て赤岳の頂上に向かった。横岳の岩尾根を伝って広やかな草地の硫黄岳に着き、これで登山が終ったとホッとしたが、それが終りではなかった。

そのすぐ後に、友の墜落死というカタストロフィー（悲劇）が待っていた。

今でも海ノ口あたりから眺めると、友の最後の場であった硫黄岳北面の岸壁が、痛ましく私の眼を打ってくる……

悲劇的な結末に終わった「八ヶ岳」登山の最後の一節を読んだとき、私自身の若き日の蹉跌が脳裏をかすめた。

東京オリンピックが開かれた昭和39年9月15日。「敬老の日」のことだった。『日本百名山』が出版されて2か月ほど経った頃である。

大学1年生だった私は、長い夏休みを利用し、独りで八ヶ岳の最高峰をめざしていた。山の自然を楽しむというよりも、故郷の山に登らなくては自身のアイデンティティーを持てないのではないかという、一種の強迫観念があったのだと思う。故郷の山、八ヶ岳に登ったという事実を追い求めることにこだわり過ぎていた。

その日、北八ヶ岳の稲子湯を出発し、天狗岳、夏沢峠を経て硫黄岳に予定通りにたどり着いた。山頂で深い霧に阻まれ、やがて雨が降り出し、行く手を遮られてしまった。しばらく山頂で様子をうかがったが、いつまでも霧は晴れない。周囲に人影もなかった。仕方なくその日は山を下り赤岳鉱泉で1泊した。

翌朝も、雨は降り続いていた。このまま下山するか迷った末に、再び横岳から赤岳をめざす。雷鳴の中で雨脚が強くなったので急いで下山することにし、尾根道を転げるように降りた。だが、途中で登山道を外れてしまい、険しい山中をさ迷うことに……

必死の思いで、滝が流れ落ちる崖を降り、河原を下った。時間と闘いながら懸命に歩き続けたが、やがて日没……不気味で心細い夜を迎えた。大きな岩に背中をあずけ、こうもり傘を屋根代わりにして一睡もせず夜を明かした。

空が白み始めるのを待って谷川沿いに再び歩き始めた。やがて、草原が広がり、遠くに牛の群が見えた。悲劇の結末は避けられた。昼過ぎ、佐久市の自宅に帰った。両親は心配顔で私の帰りを待っていた。突然、現れた私の姿を見てびっくりした様子だった。

疲労と睡眠不足の私は座敷の畳の上に仰向けに寝転がり、そのまま目を閉じた。すると、隣の部屋から母親が何処かに電話をしている声が聞こえてきた。

「いま、帰って来ました。お騒がせして申し訳ありませんでした……」

声をひそめ、私が無事に帰ったことを伝えていた。

みみずくと私

昼食を済ませてひと息入れると、沼津市立図書館へ出かけてゆく。

春夏秋冬、午後のひととき、図書館で過ごすようになって長い月日が経っている。図書館は、時間をもて余す私にとって、かけがいのない大切な居場所になっている。

現役で仕事をしていたころは、深夜まで忙しく仕事に追われ、図書館とはほとんど縁がなかった。日曜日や休日も、図書館で過ごすことはなかった。

それが、定年退職して仕事を退くと、図書館がいつの間にか、私の日々の暮らしに欠かせない、生きがいサロンになってしまった。

市立図書館は、自宅から歩いて20分ほどの、国道４１４号線沿いの市街地にある。

人口が20万に満たない中小都市の図書館にしては、建物が大きく、堂々としていてアカデミックな整った佇まいである。市制70年を迎えた１９９３年（平成５）に55億円もの巨費を投じて建設された、見るからに立派な図書館だ。

今日は、どんな出会いが待っているかな……雨の日も、風の強い日もささやかな望みを携え、沼津駅前の広場を横切り、季節を彩るアメリカフウの並木道を降りてゆく。

おぼろげな記憶によると、図書館と私のお付き合いは、かれこれ12年に及ぶだろうか。

あの青春時代のときめきが失われ、自然の佇まいと文化に魅力を感じ、淡々と過ごす老いの日々は、人間本来のあり方のようにも思う。

責任感も、プレッシャーもなく、毎日が穏やかに過ぎてゆく老いの日々は、感情の起伏が乏しくなり、暮らしが惰性に流されがちだ。気がついてみると、いつの間にか日常の刺激と生きがいをこの図書館に求めるようになっていた。

地上4階、地下1階の図書館は、正面がコキンメフクロウをモチーフにデザインされている。

フクロウは、古代ギリシャ神話に登場する聖なる鳥で、知恵の女神、「アテナ」の化身とされている。正面から眺めると、翼を広げたフクロウに見える。顔にまん丸の目と、三角錘のくちばしが表現された、芸術的なデザインに、思わず親しみを感じる。

開館して間もないころ、「あれは、ミミズクじゃないの?」と、確かめにやってきた小学生の「野鳥博士」がいたそうだ。

フクロウとミミズクは同じ仲間である。少年が指摘したように、私は親しみを込め、市立図書館の愛称を「みみずく」と命名した。

サラリーマン時代、毎日、職場に通っていたように、今では、図書館に通うのが生きがいで、当たり前になってしまった。

訪れる度に感じることだが、この図書館は垢抜けしていて、整った建物だ。訪れる市民に親近感を誘い、豊かな読書空間を提供してくれるので実に居心地がいい。

人口が20万足らずの中小都市にしては、外観も中身も立派過ぎるほど、堂々たる図書館に誇りを感じている市民も少なくないだろう。

図書館にやって来ると、私はまず、国道を隔てた交差点の歩道から、建物全体を眺め渡す。すると、「みみずく」は生きているように表情豊かに、私を迎えてくれる。

友人や知人が沼津に遊びに来ると、沼津駅で出迎えたあと、迷わず図書館に案内する。この図書館が、沼津という詩情豊かな、歴史ある町を紹介するスタート地点にふさわしく、誇りに思うからだ。

「あか抜けした、立派な図書館だね。沼津は知的レベルが高いのかなぁ」

意外に思うのか、みんな、驚いたような言葉を口にする。

この町に友人、知人がいない私は、サラリーマンを卒業してから、持て余す時間を図書館で過ごすしかなかった。その図書館通いが、いつの間にか、老いの人生のど真ん中に居座り、今ではささやかな生きがいになっている。

館内は広々として整っている。働いている館員たちは礼儀正しく、サービス精神に満ち、親切だ。午後のひととき、気分よく過ごせ、私には居心地のいい暮らしの泉でもある。図書館では、日々、活字を通して俗世間と出合い、心安らぐ。そして、これからどう生きてゆくか、思いをめぐらすサロンでもある。

図書館にやって来ると、まず、時間をかけてさまざまな新聞を読む。

その日の朝刊を手に、明るい窓際の大きなテーブルで、1面から丹念に活字を追う。参考になりそうな記事はコピーして、自宅に持ち帰る。

新聞はいま、ロシアのウクライナ侵攻の記事で埋め尽くされている。遠く離れた海外での戦争の悲劇をテレビで見て、さらに、新聞で確認することは、平和を願い、生きる歓びを感じる私たちには大切な日常ではないだろうか。

テレビ画面で、毎日、激しい戦闘のつめ跡や、逃げ惑うウクライナの人々の姿を目にする。そして、新聞の活字は、その悲惨な思いと憤りを一層かき立てる。

新聞閲覧がひと息つくと、主に1、2階の書架を巡る。興味をひく、読みやすい本を手にとり、ひとときソファにもたれて活字を追う。

昭和20年代、戦後の混乱から立ち上がった沼津市は、東部・伊豆の中心商業都市として栄えてきた。今もあの時代に懐旧の思いを抱く市民は少なくない。

そして、経済成長とともに日々の暮らしが豊かになると、多くの市民が望む創造性豊かな文化都市を目指して歩んできた。その一端を担ってきたのが、市立図書館である。それというのも、この町には、図書館の遺伝子が大切に育まれてきた歴史がある。

江戸時代、中心街の下本町で本陣を営み、教育に力を注いだ沼津尋常小学校の校長、間宮喜十郎が沼津町戸長（町長）の山形敬雄に呼びかけ、明治21年7月、尋常小付属の「沼津文庫」を開設した。

「沼津文庫」に始まる県内最初の公立図書館は、１３４年の長きにわたり受け継がれてきた、誇るべき貴重な財産である。沼津市の教育長をされていた長澤靖夫さんは愛情と希望を込め、図書館についてこう語っている。

「図書館は、市民の生涯学習の拠点である。これからの運営は、その原点に立ち返って進めてほしい」

戦後、東部・伊豆の中心都市として栄えてきた沼津市を創造性豊かな、成熟した文化都市にしたい。そんな思いを込め、市立図書館を新しいランドマークにしようと、考えていた。

正面玄関の前に、「出会い」の像が立っている。

分厚い書物を胸に抱き、髪を風になびかせ、遠くを見つめる若い女性を表現している。

この像を製作した彫刻家の堤直美さんは、「心魅かれる本や作家との出会い、それに、図書館を訪れる人々との心温まる出会いなど、図書館に思いを込め、新しい時代の風を表現した」と、愛情豊かに語っている。

初夏の季節が訪れるころ、その「出会い」の像の足元に、薄むらさきの清楚なアガパンサスの花が咲き、図書館に彩りを添える。

数年前、みみずくがびっくりするようなことがあった。みみずくの生みの親である沼津市が、里親のような引き取り手はいないかと、突如、言い出したのだ。

ちょっと耳慣れない言葉であるが、「指定管理者」という制度を導入し、民間の業者に、図書館の運営を任せてしまおうとしたのである。

美術館や、博物館、それに図書館など公の施設の管理や運営を民間の企業やＮＰＯ法人にも認める制度で、平成15年（２００３）に、地方自治法が改正され導入された。

この制度の背景には、小泉政権時代の官から民への流れをつくり、民間のノウハウを生かして、公共施設の住民サービスを向上させ、同時に、財政難の自治体の経費を削減しようという考えかたがある。教育理念に支えられ、多様な中身を伴う、ハードルの高い公立図書館までもがターゲットにされてしまった。

運営を民間に任せるメリットは、開館日数が増えたり、開館時間が延長されたりして、窓口の接遇も向上することだという。だが、デメリットもある。

指定管理者制度は、3年、または5年で契約が更新され、図書館業務の継続性や職員の専門性が保証されない欠陥があるからだ。

図書館は、読書や資料の貸し出しだけでなく、医療、福祉、産業など、さまざまな分野で働く人々に、情報を提供する大切な役割を担っている。それに加えて、街づくりを始め、地域社会の創造に貢献する「新しい図書館像」が注目されている。

長い間、沼津図書館の歴史と伝統を支えて来たのは、市民の情熱と、努力にほかならない。さまざまな資料や情報を無料で提供する公共図書館は、市民の知る権利を保障し、市民の暮らしに関わる基本的な施設であり、専門性と公共性が求められる。

図書館のサービスは、専門的知識の蓄積と、市民のニーズに対応できる資質を備えた職員の存在があって初めて実現できるのではないだろうか。

民間企業は営利を求めるため、効率的で費用対効果への意識が強い。一方で、行政に比べ、公共性や公益性の意識が薄いことも確かだ。

図書館法に規定されているように、図書館資料の提供は無料が原則で、企業経営とは相いれない。市民サービスの向上という大切な理念を忘れてはならないだろう。

図書館を人手に渡してしまうのではなく、時代の大きな流れを見つめ、多くの市民の協力を得ながら大切に育てていきたい。

好気高齢者になろう

ついこの間、75歳の誕生日を迎えた。おめでたい？「後期高齢者」の仲間入りである。

「そうか、吾輩もとうとう後期高齢者になったか」

だが、ちょっと待てよ……誰が考えたか、ワシらの気持ちも知らないで……味わいのない事務的な名称にただ、ただがっかりしている。だから感慨らしきものは一切なかった。

「後期高齢者」という名称は、そもそも、医療保険制度の事務的な区分である。これを境に、日々の暮らしが、ガラっと変わってしまうわけではないので、ことさら意識したり、憤慨したりすることもあるまい。

だが、またまた、ちょっと待てよ……世間は放って置いてはくれないじゃないか。

誕生日から1週間ほどして、さっそく、沼津市役所から「後期高齢者医療被保険者証」が送られてきた。市役所の担当課に出向いて確認してから、医療費の自己負担分の支払い方法などの手続きを済ませた。

運転免許証の更新手続きでは認知症の気配はないか。検査と、運転技能の講習を受けた。

「左折、右折の合図は早めに出してくださいよ」

「ほらっ、発進するときはバックミラーで後続車をよく確認してからでないと……」

ハイ、ハイ……わかりましたよ。おっしゃる通りです。ヤレ、ヤレ……

やはり、運転に関するさまざまな動作を振り返ってみると、身体の機能は気づかないうちに、確実に衰えているようだ。

自動車教習所の試験官の指示で、一緒に技能の講習を受けた老人が運転する車に同乗させてもらった。10分ほどだったが、正直、怖かった。老いとともにスピードの感覚が鈍くなってしまうのだろう。その老人はアクセルの踏み方がぎこちなく、車のスピードにムラがある。走行中、乗用車の車体がガクン、ガクンして、速度が一定しない。思わず、

「もうこれで結構ですから、降ろしてくれませんか」と、叫びたくなった。なんとか、無事に終わりほっとした。

人生のひとつの区切りとなる、いくつかの手続きを済ませたいま、改めて、「後期高齢者」という言葉の意味を考えている。

高齢者を対象にした医療保険制度がスタートして10年になるそうだ。

「こんな言い方じゃ、わしらは姥捨て山じゃねぇか……」

大先輩たちから一斉に不満や批判の声があがったそうだ。たしかに、「後期」という言葉のニュアンスから、

「そろそろ、お後がよろしいようで……」

と、人生の締め切りを言い渡されたような、ちょっと寂しい気がしないでもない。

お役所用語とは別に、もう少しロマンチックで温かみのある、世の中のお爺ちゃん、お婆ちゃんたちに生きる歓びを感じさせてくれるような言い回しはできないものだろうか。

リビングの窓に映る、冴えない梅雨空の景色を眺めながら、このところ、独りでことば遊びを楽しんでいる。

どんなことば遊びかって？

例えば、同じ「こうき」と呼ぶにしても、企業の株を買い込みいつも株価の動きが気になって仕方ない、お金に興味のあるお年寄りなら、「好機高齢者」といえば、株価が下がり多少損してもあまり気にしないだろう。

若づくりして、いつもおしゃれでプライドの高いお婆ちゃんなら、「香気高齢者」なんてどうだろうか。

「おばあちゃんはいつも値の張る香水をつけ、若々しくておしゃれですね。素敵ですよ」そう言われたら、にこにこ微笑み、まんざらでもないだろう。

若者に負けず、森羅万象、何でも面白がり行動力のあるお年寄りには、

「あなたは、好奇高齢者ですね」

と、お世辞を言ってあげれば、調子づくに違いない。社会に目を向け、何ごとにも積極的になり、認知症予防にもなるのではないか。

これといった趣味もなく、日々、平凡に暮らしている私は、深夜、センベイ布団で横になり、

「ああ、今日も無事に終わったか。お休みなさい……」

と、気分よく安らかに眠りにつきたい。だから、「好気高齢者」と、言われるだけで幸せだ。

人々が暮らしている地域社会には、我田引水、ずるくて、欲の深いお爺さんやお婆さんもいるだろう。そういう老人には、遠慮しないではっきりと、言ってやろう。

「そんなずるいことをして、狡鬼高齢者と呼んじゃいますよ」

さて、冗談はほどほどにして……

齢を重ね、深まる老いとともに、肉体が衰えてゆくのは仕方ない、自然なことでもある。

ただ、長寿社会では健康で長生きもいいけれど、これからの人生に、どう生きがいを感じて生きてゆくか。その中身、つまり老いの質が問われている。

だから、幾つになっても瑞々しい「感受性」を失いたくない。

この4月から、朝食を済ませたあと、甘い、初夏の香りがする新茶を味わいながらひととき、

NHK・BSの朝のテレビ小説『おしん』の再放送と、今期、100作目となる『なつぞら』のテレビ小説を楽しんでいる。

一世を風靡したドラマ『おしん』は、日本列島がバブル景気に沸いた少し前の1983年（昭和58）に、1年間放送された。平均視聴率は52・6％。最高視聴率はなんと、62・9％と、朝ドラの記念碑となった作品である。

そのころ、私は、「四十にして惑わず」の年齢に差しかかり、朝から晩まで家族を養うために仕事と、息抜きのちょいと一杯のつもりで、仕事と夜の深酒に明け暮れていた。

だから、ゆっくり朝ドラを見ている時間などなかった。

ドラマ『おしん』は、山形県の最上川上流にある村の貧しい小作農の娘、「おしん」が幼くして奉公に出される場面から始まる。

そして、「おしん」は身に降りかかるさまざまな苦難にもめげず辛抱し、苦労を重ねた。その果てにスーパーの経営者として成功する物語である。いま、その「奉公篇」を見ている。

脚本を書いた橋田寿賀子さんは、こんなことを言っていた。

「このドラマは貧乏と、辛抱の物語ではありません。日本人はこれ以上、経済的な豊かさを求めるのではなく、自分の身の丈にあった幸せを考えてほしいと訴えたかった。でも、貧乏と辛抱がひとり歩きして、ドラマは大当たりしちゃいました」

この4月にスタートした『なつぞら』も、逆境のなかでたくましく生きる若い女性が主人公だ。あの戦争で両親を失い、孤児になった少女、「なつ」が、縁あって北海道・帯広の開拓牧場の家族に育てられ、農業高校を卒業するまで、周囲から大切にされ成長してゆく物語である。

小さい頃から絵を描くのが好きだった「なつ」は、いま人気のアニメ映画に興味を持ち、東京に出て行方不明の兄を捜しながら、アニメーターになる。

私が、この二つの朝ドラに魅かれるのは、成長していくヒロインを温かく見守り、愛情を注ぐ高齢者の存在である。

「おしん」が2度目に奉公した山形県・酒田の米問屋の大奥さまで、名女優の長岡輝子演じる「くに」さん。

「なつ」の北海道時代に、牛の乳絞りを教え、可愛がってくれた爺ちゃんこと、「泰樹」さん（草刈正雄）である。

「くに」は、奉公人も同じ人間として分け隔てなく扱い、いつも「おしん」の身を案じ、漢字の読み書き、そろばん、店の帳面のつけかたを教え、手習いもさせて一人前に育てる。

「人の幸せはナ、モノや銭ではねぇんだぞ。銭に頼る幸せなんぞ、儚ねぇもんだ。肝心なのは悔いのねぇように生きることだ」

そう言って、波乱万丈の「おしん」を励まし続けた。テレビ画面に引き込まれて、こちらも、「うん、確かにその通りだ」と、思わず相槌を打ったものである。

開拓者として、独り北海道の原野にやって来て、苦労を重ねた「なつぞら」の泰樹爺ちゃんも、「なつ」に「人生、あきらめない」という生きる術を厳しく教えてくれた。

「なつ」が上京してからも、牛の乳絞りをしながらいつも、彼女のことを気にかけ、陰ながら応援する姿に共感した。

いま、日本の現実に目を向けると、社会の分断が進み、生きる価値を見失った若者が孤立感を深めている。その孤立と絶望感が引き起こす若者の無差別殺傷事件を、社会の一員としてどう受け止めたらいいのだろう。孤独な若者を救うことができるのは、理論や理屈ではない。愛情がこもった人間の温もり、心そのものではないか。

人生経験が豊で、思いやりがあり、人のため、社会のために全力を尽くしてきた、二つのドラマのお爺さんとお婆さん。

この人生の大先輩たちのように、世のため、人のために、そして若い人たちをやさしく見守る愛情豊かな「高貴高齢者」が、いますぐ現れてくれないものか。

えっ、「お前がそういう老人になったらどうなんだ！」って……

ちょっと考えさせていただきます。

晩秋のひとり言

11月。落葉の季節を迎えた。

カサ、カサ……カラ、カラ、カラ……乾いた、心地よい晩秋のリズムを耳にしながら、街路樹の落葉と戯れる日々を過ごしている。

私が暮らしているマンションの前の歩道に沿って、アメリカフウの街路樹が４００メートルにわたり、60本ほど並んでいる。

アメリカフウは落葉広葉樹だ。晩秋から初冬を迎えるころ、枯れ葉が舞い散る。樹形は円錐形。掌《てのひら》を広げたような葉がイロハモミジに似ていることから、「モミジバフウ」ともいう。同じ街路樹でも、色鮮やかに染まるイチョウやサクラのような派手さはないが、四季折々、表情が豊かで愛着がわく。

北米原産の貴重種で、世界でも分布している地域が限られ、「生きた化石」と言われる。樹高は25メートルにもなる高木で、歩道の上の送電線や信号機に触れないように高さ４、５メートルに剪定されている。

秋になると、大人の掌ほどある葉っぱが緑から黄、橙、そして赤へと移り変わり、街角に季節の変化を演出する。

冷たい一陣の風が吹くと、枯れ葉がひらひらと舞い落ちる。その枯葉を拾いながら季節の移ろいを感じ、ゆく秋を惜しむのは、平和で贅沢な歓びでもある。

落葉拾いをするのは、作家の五木寛之さんの考えに共感したからだ。１００歳を超す老人が増え、「人生１００年時代」と言われているが、五木さんは、こんなことを言っている。

「人生の後半は自分を見つめ直し、人間本来の生き方を考えてみる。できれば自分のために働くのをやめて、無償でもいいから人のためになることをしたらどうだろうか」

五木さんの提案に、私は共感した。五木さんはこんなことも言っている。

「人間は75歳を過ぎたら、そろそろ自然へ回帰していく時期だ。競争や出世、富はあきらめ、紙くずひとつ、たばこの吸い殻ひとつ拾うだけでいい。それこそが老いる作法ではないか」

私はいま、その75歳である。五木さんの言葉と出合い、自然に回帰してゆくことが、これからのテーマだと、人生の向き合い方に認識を新たにした。これからの余生は、できる限り「自然回帰」にこだわって生きてゆこうと、思っている。

アメリカフウの落葉拾いを始めて気づいたことは、ふだん意識することのない街路樹と人間の関わりである。

樹木を研究している植物学や環境学の先生たちによると、北海道から沖縄まで日本列島には670万本を超す高木の街路樹が植栽されているそうだ。

なかでも季節を彩り、目に鮮やかなイチョウやサクラ、ケヤキが人気で、街路樹の代名詞にもなっている。

千葉大名誉教授の藤井英二郎さんは、著作の中で、街路樹の大切さを指摘している。

「日本では街路樹に関心を持っている人は少ない。だが、街路樹は道路の付属品ではない。街に必要不可欠な社会資本である」

私は認識を新たにした。自然が豊かで、緑に恵まれた日本で暮らしている私たちは、それが当たり前のように思って生きている。

日ごろ、街路樹のありがたみをあまり感じていないが、認識を改める必要があるだろう。

コンクリートに覆われた無機質で、殺風景な街に緑の街路樹があれば、それだけでも自然の息吹を感じ、心が潤う。

なにより、樹木の葉は二酸化炭素などさまざまな大気汚染物質を吸着し、空気を浄化してくれる。私たちの健康と深い関わりがある。

地球の温暖化とともに気温が高くなり、海辺の沼津でもこの数年、夏の暑さは耐え難いほどだ。真夏の午後など、街を歩いていると、木陰に身を寄せる老人の姿をよく見かける。高齢化が進むなかで、人々の健康を守る街路樹は日々の暮らしに欠かせない存在だ。

ぶらり、市内を散策していると、ケヤキやサクラ、プラタナス、ナンキンハゼ、アメリカフウ、ハナミズキなどの落葉樹や、メタセコイヤといった針葉樹の街路樹が目につく。

こうした街路樹は、千本浜海岸の松林とともに多様性に富み、潤いのある街の景観を支えている。

このところ、地球の温暖化とともに存在感を増してきた街路樹であるが、わが国ではどんな歴史を辿ってきたのだろう。

古くは奈良、平安の頃から街道沿いに果樹やヤナギが植えられていた。

江戸時代になると、徳川家康が「街路奉行」を置き、東海道や中山道に松やスギ並木が登場する。なかでも、日光街道の杉並木はよく知られている。

近代的な街路樹は１８６７年（慶応３）につくられた横浜の馬車道だという。

江戸幕府が欧米列強の開港圧力を受けて設置した外国人居留地で、商家の人々が競ってヤナギやマツを植えた。以来、街路樹は文明開化のシンボルとなり、東京・銀座通りにはサクラとクロマツが植えられた。

近代化とともに街路樹は東京を中心に大都市に広がった。だが、関東大震災や太平洋戦争による災禍でことごとく焼失してしまい、受難の時代だった。

街路樹が復活したのは、昭和20年の敗戦の混乱から立ち上がり、緑に飢えた人々が緑化運動を始めてからである。

あの戦争で、沼津も激しい空襲を受けた。

当時の市街地の写真を見ると、沼津と三島を結ぶ大手町の国道1号線沿いに、焼け落ちた街路樹が写っている。

いま、この国道沿いにはイチョウ並木が季節を彩り、秋になると、黄葉が美しい。

沼津で街路樹が広がり始めたのは、戦後の復興とともに社会が落ち着きを取り戻し、市民の暮らしが豊になり始めた昭和30年代に入ってからだ。

ところが、さらなる経済的豊かさを求め、列島改造など開発が優先し、街路樹は邪魔モノ扱いされてしまった。

東京オリンピックを境に、美しい都市づくりの掛け声とともに、再び、街路樹に光が当たるようになった。

だが、公園や庭園とは違い、樹木が生育するのにさまざまな制約を受ける街路樹を美しく保つのは、やっかいで骨の折れる作業だ。何よりも、市民が日頃から街路樹を愛する気持ちを持ち続けなくてはならない。

ケヤキ並木が風格を増す上土町商店街を久しぶりに歩いた。

２２０㍍ほどある通りの両脇に、高さ10㍍を超す大きなケヤキが33本並んでいる。夏は濃い緑の葉が生い茂り、歩道に涼しげな影を落とす。晩秋になると、詩情豊かに枯れ葉が舞い落ちる。

昭和30年代の半ば、狩野川沿いに東急ホテルが進出したのに合わせ、商店街の若い人たちが歩道の上にアーケードを増設し、近代的で、おしゃれな街にしようと立ち上がった。

洗練された街のイメージにひと役買ったのがケヤキの街路樹である。

かつて菓子店を営み、上土商店街の理事長を務めたことのある大木一男さん（86）は、あの頃のことを、懐かしそうに振り返る。

「商店街の若い仲間たちが安らぎのある新しい街にするため、街路樹を植えようと、ケヤキの苗木を植樹したんです」

あれから半世紀。世代が代わっても、商店街の人たちは街のシンボルとしてケヤキの街路樹を大切に守っている。

店を切り盛りする「おかみさん会」の女性たちが、春になると歩道に草花を植え、ケヤキの木陰で毎月「稲荷市」を開いてきた。

晩秋を迎えるころ、大量の枯れ葉が舞う。おかみさんたちは歩道や車道に舞い落ちる枯葉拾いに忙しくなる。

「街路樹を育てることは、街を美しく、豊かにすることです。そこに暮らす人たちが大切に守り育てなくては、素敵な街にはなりません」

大木さんはそう振り返る。

公園や庭園と違い、樹木が生育するのにさまざまな制約を受ける街路樹を美しく保つのは、骨が折れることだ。何よりも、市民一人ひとりが日頃から街路樹を愛する気持ちを持ち続け、大切にしなくてはならない。

つい、先日も、台風並みの激しい風雨に襲われ、沼津市内でも街路樹の枯葉が大量に舞い落ち、道路に散乱した。

市民から「落葉をなんとかしてくれ！」と、苦情電話が市役所に殺到したという。

その話を聞いて、私は、市民と街路樹にはまだ距離があるなと思った。

師走に入って間もなく、沼津市から依頼された植木職人が、モミジバフウの枝葉を切り落とす作業を始めた。

職人さんたちは枯れた枝葉を、剪定鋏で手際よく切り落とし丸坊主にした。

さっぱりとした街路樹を眺めながら、私はため息をついた。

千代さんの桜

桜前線は今年もかけ足で、日本列島を北上していった。

うす紅色の清らかな花びらは、春の気分をいっそう弾ませてくれるけれど、半面、つれない女性のようでもある。

その日を待ちわびていた私たちには、1年ぶりに再会したときめきもつかの間のことだった。

何年か前に、一度訪ねたことがある、あの桜もそろそろ開花する頃ではないか。このところ気がかりでならない。

岐阜県・根尾谷に咲く国の天然記念物、「淡墨桜」のことである。

ご存知のように、淡墨桜は福島県の三春の滝桜、山梨県の山高神代桜とともに、日本三大桜と言われている。

美濃の里山に咲く淡墨桜は江戸彼岸桜の古株で、樹齢１５００年を超す長寿の桜だ。

咲き始めの頃は、淡紅色を帯びた白い花びらで、満開に咲き誇るころ、淡い墨のような色に変わってゆく。そのことから「淡墨桜」と呼ばれるようになったという。

花の命は短い。タイミングを逃すまいと、３月半ばごろから開花情報を気にかけ、満開のタイミングを見計らっていた。

「淡墨桜の開花はいつ頃になりますか」

「まだ、まだ先ですよ。満開になるのは４月10日ごろでしょうかね……」

淡墨桜を管理している本巣市の産業経済課にときどき電話を入れ、開花の時期をうかがっていた。まだ、しばらく先のことだというので、つい油断してしまった。

それでもと、３月下旬、再び本巣市役所に電話を入れると、

「いま、７分咲きです。いつもの年より早まっていますよ」

おい、おい……まだ、先だと言っていたじゃないか……

そう呟きながらあわてて仕度を整え、翌朝、根尾谷に向かった。

ＪＲ名古屋駅で名鉄電車に乗り換え、大垣市へ。大垣からは第三セクターの樽見《たるみ》鉄道で終点まで34・５キロ、１時間の旅である。

樽見鉄道は１９８４年（昭和59）に、旅客と、主にセメントを運ぶ貨物を兼ねた鉄道として開業した。戦後の経済成長とともに、車社会が急速に進み、セメントの貨物輸送が減り始めてからは採算をとるのが難しくなり、廃線の憂き目にさらされてきた。

一方で、樽見鉄道は沿線住民の通勤や通学の足にもなっている。地域社会にとって大切な社会資本である。沿線のいくつかの自治体がバックアップして収入を増やし、沿線住民にとって大切な鉄道を存続させようと、財政支援に乗り出した。それは、いまも続いている。

そして、２０１５年からは17か所ある無人駅に、沿線住民の「市民駅長」を任命し、支援の輪を広げてきた。住民が委託管理をするなど経費の削減に協力し、暮らしの足である樽見鉄道をなんとか維持し続けている。

ふだんは乗客が少ない樽見鉄道であるが、桜の季節になると淡墨桜をひと目見ようと、全国からやって来る観光客で見違えるほど活気づく。この日、始発の大垣駅で乗り込んだ列車も、首都圏の朝の通勤ラッシュ並みで、身動きがとれないほどの超満員だった。

この鉄道車両は、ガソリンで動くディーゼルカーとばかり思っていたのだが、レールバスだという。富士重工がバスなど自動車の装備をベースにしてつくった「ハイモ２３０―３１３」という昭和63年製の、日本で最も古いレールバスである。

ワンマンカーなので、50年輩の運転手が、車掌と、沿線のガイドの3役を兼ね、離れ技の忙しい勤務に追われていた。

濃尾平野の畑中に咲く桜並木に沿って走るレールバスを撮影しようと、アマチュアカメラマンたちが線路際に群がり、折り重なるようにカメラを構えてシャッターを押していた。

レールバスは渓谷となっている揖斐川や根尾川の鉄橋を渡り、山あいの狭いトンネルをくぐり抜け、ようやく終点の樽見駅に到着した。樽見駅から15分ほど、なだらかな坂道を登ってゆくと、山の中腹に薄紅色の綿菓子のようにふんわりしたかたまりが見えた。

私は現役のころ、転勤で名古屋市内に暮らしていたことがある。休日に一度、根尾谷を訪れ、淡墨桜とは17年ぶりの再会である。

樹高16・3、幹回り9・9、枝張り東西26・9、南北20・2㍍もある立派な巨樹である。土俵入りで、横綱力士が両手を大きく広げたように、太い幹と枝が四方、八方に広がり、30数本の丸太がそれを支えている。万朶《ばんだ》の桜というにふさわしい立ち姿である。

桜を描く日本画家として知られている中島千波さんは40年ほど前、淡墨桜の話を聞き、初めて対面して圧倒された。そして桜の古木が持つ魅力に感動し、すっかり虜になってしまったという。

１９２２年（大正11）に国の天然記念物に指定された淡墨桜は、枯死の危機と蘇生の苦難の歴史を繰り返してきた。

淡墨桜が咲いている広場の一角に、岐阜市の歯科医だった前田利行さんの碑が建っている。前田さんは戦後間もないころ、瀕死の状態に陥っていた淡墨桜を救った恩人である。

淡墨桜の衰弱はすでに大正の末ごろから始まっていた。

しかし、長い間、手の施しようもなく放置されていたため枯死寸前の状態だった。この話を聞き、盆栽づくりの名人として知られていた前田さんは淡墨桜を蘇らせようと一大決心する。ある日、根尾村を訪れた前田さんは、作業員を雇い、桜の根元の土を掘り起こし、腐った根っこを取り除いた。白アリの駆除をし、まだ活力のある残根に、近くの山から集めた桜の若木の根を２３６本根継ぎした。

こうして起死回生を試みた淡墨桜の大手術は成功した。

元気のいい若い根が養分をたっぷり吸い上げ、枯死寸前だった老木はみごとに蘇った。

ところが、淡墨桜は昭和34年に伊勢湾台風による暴風雨で大きな被害を受け、再び衰弱の危機にさらされる。小説家の宇野千代さんは、昭和42年春、根尾谷を訪れ、弱りかけた淡墨の桜を初めて目にした。

その頃、地元以外からわざわざ淡墨桜を見にやって来る花見客はほとんどいなかったという。千代さんは雨が降りしきるなかを、旅人宿で借りたゴム長靴を履いて、山に登った。そのときのことを、「淡墨桜」という随想に書いている。

……老残の桜を支えている姿は無残とも思われた。大きな枝はただ残骸だけになり、その腐った先から新しい枝が出て、か細い花が咲いている。枯死する寸前という感じをうける。もう散りぎわなのか、その名の通り仄かに薄墨色に見える。

千代さんは、目の前の淡墨桜に孤独を感じ、もう一度、華やかに花を咲かせることはできないかと考える。しかし、村人たちは「お金がありません」の一点張りだった。

「金がないじゃなくて、あの桜を助けたい熱意がないのではないか」

千代さんは、岐阜県知事に窮状を訴えた。その熱い思いが実を結び、淡墨桜は再び蘇った。

「恋人に会いに行くようだね」

と言っていた千代さんは毎年、春になると、淡墨桜のお花見を楽しみにやってきた。

いま、桜の木の周辺は広々とした公園になっている。

地酒やイカ焼き、集落の畑で採れた野菜を販売する屋台、「宇野千代」の名入りのグッズを扱っている店もある。桜が開花すると、地元の家族連れや、遠方からも観光バスで花見客がやってくる。桜を目玉に観光客を呼ぶ過疎の村がひととき息を吹き返すときである。

「百歳になっても、この薄墨の桜を見に来たい。一年に一度必ず来て、桜に逢い、桜とともに長生きしたい」

千代さんも、淡墨桜の前にゴザを敷き、村人たちと酒を酌み交わし、花見の宴を楽しんでいた。

生き永らえる一本の老いた桜に力強さと、深い味わいを感じて長い人生を生き抜いた千代さん。享年98歳だった。

港町　城下町　花の町

桜の見納めを思い立ち、5月の連休明け、桜前線を追いかけて函館に向かった。北海道新幹線の新青森―新函館北斗駅間が開通して1年になる。ようやく、新幹線に乗るチャンスが巡って来た。

沼津の自宅を出たのが午前6時半。東海道、東北・北海道と3本の新幹線を乗り継ぎ、正午過ぎ函館北斗駅に到着した。6時間の列車の旅である。

函館北斗駅のホームに降り立ったとき、北海道は確かに近くなったと実感した。

津軽海峡の海底トンネルをくぐり抜け、はるばる函館にやって来たのに、お目当ての桜は盛りを過ぎていた。

函館五稜郭のソメイヨシノは、吹き荒れる冷たい風に吹かれて、うす墨色の花びらを惜しげもなく散らしている。

職場の仲間同士だろうか、ご近所さんの親睦のお花見か。わずかに花びらを留めている老木の下で、10人ほどの男女が車座になり、缶ビールで乾杯して、北国の春を楽しんでいた。

函館五稜郭は、中世のヨーロッパで広がった「城塞都市」をモデルにした、五角形の平面からなる西洋式城郭である。

日本には、函館五稜郭と、私のふるさと、信州・佐久市の龍岡五稜郭（桔梗城）の２つしかない。珍しい、貴重な歴史遺構である。

故郷の人たちは、西洋風の小さな龍岡五稜郭に今も愛着と誇りを感じている。田植え前のひととき、満開の桜の下で花見酒を楽しむのが習わしになっている。

幕末の安政元年（１８５４）、江戸幕府とアメリカ合衆国の間で日米和親条約が結ばれた。

伊豆半島の下田とともに開港した箱館（函館）には、幕府の北方政策の拠点として箱館山の麓に奉行所が置かれていた。

ところが、この奉行所は港湾に近かったため、防衛上、不都合なことが多いことから内陸に移転させることになった。

伊予・大洲藩出身の蘭学者、武田斐《あや》三郎の考案で、７年の歳月を費やし、元治元年（１８６４）、現在地に五稜郭を完成させた。

外敵からの攻撃に死角が生じないように、星形の突き出した５つの稜堡に鉄砲や大砲を配備し、守りを固める設計になっている。

明治元年（１８６８）、新政府軍と旧幕府軍が戦った戊辰戦争で、江戸を脱走した幕府の海軍副総裁だった榎本武揚、新選組生き残りの土方歳三らが五稜郭を占拠した。

しかし、翌2年に、新政府軍は陸と海から猛攻撃を繰り返し、旧幕府軍はあえなく敗走した。この五稜郭は戊辰戦争の最後の戦いとなる「箱館戦争」の舞台として広く知られている。

榎本武揚は、徳川の幕臣たちが沼津に移住し創設した沼津兵学校の頭取となった西周《にしあまね》や、一等教授の赤松則良らと共にオランダに留学した、かつての仲間だった。

沼津兵学校の教授や生徒のなかには沼津にやって来る前、新政府軍と戦った者もいて、当時の兵学校には心理的な葛藤や、複雑な人間模様が渦巻いていた。

旧幕臣で、沼津兵学校の設立に尽力した江原素六は自身の「回想録」で、榎本との会談のことを語っている。

「脱走したなら、十に八、九は死んでしまう。私は、思いとどまるよう説得したのだが、榎本氏は二言の下に、それはいけないと言われた」

一方の龍岡五稜郭。広さは函館の2分の1ほどの広さである。

フランスの城塞に関心をもっていた三河奥殿藩主の松平氏が本拠を信濃の国・佐久に移す際、砲撃戦に備えるため、函館五稜郭が築かれた3年後、稜堡式の城郭を築いた。

石垣や水堀、御台所などの遺構があり、いまは地元の小学校の用地として利用されている。

城址を囲むようにソメイヨシノの古木が植えられ、花見のシーズンになると、近隣の農家の人たちでにぎわう。

箱館五稜郭には、１６００本もの桜の木がある。

高さ90㍍という五稜郭タワーの展望台に上がり、ぐるりと桜並木を眺め渡した。

つい数日前まで星形の城郭に満開の桜が満ちあふれ、花見客で賑わっていたという壮観な風景を思い描いた。

翌日は渡島半島の南端にある城下町、松前を訪ねた。松前城もかつての箱館戦争の舞台となっている。

観光バスで松前町に向かう途中、沿道には、チューリップ、モクレン、八重紅枝垂れ桜、スイセンなどが一斉に咲き乱れ、北国の春がいっぺんにやって来た感がある。

民家の庭や沿道に色鮮やかな芝桜が一面に咲き、さながら花の絨毯を敷いたようだ。その景観は春を待ちわびる北国の人々の歓びを連想させた。

松前城は日本列島の最北端にある城で、最後の和式築城の遺構であることを、地元の人の話で知った。石垣と本丸御殿は幕末の安政元年（１８５４）に築かれ、松前は北海道でただひとつの城下町である。

現在、人口は８０００人足らずだが、松前が城下町として栄えたころは、この城下に３万人を超す人々が暮らしていたという。

松前藩は、稲作によるコメ作りができなかった。そのため、石高で表す手段がなく、「無高の藩」とも言われた。しかし、日本海からオホーツク海に至る豊かな水産資源や、道内の広大な森林資源を支配し、北前船の交易で繁栄していった。

松前城跡の高台に上がると、海峡の先に、雪に覆われた津軽富士の岩木山が白く霞んで見えた。

ソメイヨシノはすでに花を散らしていたが、庭園には八重の桜が最盛期を迎え、春爛漫の喜びがあふれている。白雪姫、糸括、雨宿、松月、関山、御衣黄、南殿《なでん》……このほか、親鸞聖人数珠掛桜も見事に咲いていた。

松前では４月上旬の冬桜に始まり、早咲き、中咲き、遅咲きと２５０種、１万本の桜を６月上旬まで楽しめるそうだ。花弁が10枚を超える八重桜の品種が多いのも特徴の一つである。

松前藩では、京の都から輿入れした藩主の奥方たちが故郷を偲んで植えたり、財力のある商人や参勤交代の藩主、侍たちが持ち帰ったりして松前城下を桜で彩った。

桜の名所の陰には、花守達の存在がある。

大正時代、松前を桜の城下町に育てようと、名もなき花守たちが桜の接ぎ木や移植を地道に進めた。

日本人の桜への心情は時代とともに変化してきたが、神聖で災厄を払う清らかな花として、大切に育てられた。

それに戦時中は軍国の象徴にもなったが、戦後、桜は平和な日常の歓びの花となり、お花見の行事も盛んに行われ、人々に親しまれている。

私たちの心を動かす清楚な美しさは今も昔も変わらない。この日、散りぎわの桜に短い命の儚さを改めて思い、無常観をかきたてられた。

連泊した函館のホテルで、ひとりで花見の旅をしていた初老の紳士に出会った。

北大を卒業後、電力会社に奉職し、いまは福島県郡山市で暮らしているという。その紳士は、毎年、奥さまと全国の城下町の桜を訪ねるのを楽しみにしていると、話していた。

宿泊したホテルのレストランでご相伴に預かり、その老紳士と交わした桜談義は楽しく、熱燗が身に沁みた。

互いに気心が知れてうち解け始めたころ、やさしそうな、その人はこんなことを言った。

「事情がありましてね、今回はひとり旅なんです」

身辺に何があったのだろう。ひとり旅の事情について、私は尋ねなかった。老紳士はちょっと寂しそうに盃を傾けていた。

桜が咲く頃になると、今でも、あの老紳士と酌み交わした熱燗の思い出が甦って来る。

生きてゆくこと

朝、目が覚めると寝床をたたみ、リビング、和室、廊下などに掃除機をかける。それからガラス戸や窓を乾いた布で拭く。

そのあと、マンション1階の郵便受けに配達された新聞を取りに行く。これが私の一日のスタートである。

パンとコーヒー、それに生野菜の手軽な朝食を済ませ、お茶をいただきながら、朝刊をおもむろに広げる。

1面から見出しに目をやりながら、これはと思う、興味をそそる記事を拾い読みしてゆく。ところが、この頃、拾い読みする順序が変わってしまった。まず、社会面に掲載されている著名人の訃報、いわゆる「亡者記事」に目が行くようになった。

亡くなった著名人は、どんな人だろう。その人の年齢は幾つだったのか? 人の生涯にかかわることが気になるようになった。

そういえば、近ごろテレビで見かけなくなったけれど、あの人は長い間病気をされていたのか……

私の朝の関心事は、もっぱら亡くなった人を知らせる亡者記事である。そして、自分が生きていることを見つめ直すことから1日が始まる。

新聞に「亡者記事」として扱われている人々も長寿社会を映し出し、このごろは、80歳を超える高齢の人たちが多くなった。

立春を迎えた日の朝刊には、89歳、91歳、96歳で亡くなった著名人の亡者記事が並んでいた。

「あと10年くらいは元気で過ごすことができたらいいなあ」

不意に、秘かに、そんな願望が脳裏をかすめる。今朝は、朝刊に目を通してから、リビングの窓に映る季節の風景を眺め、ため息をついてしまった。

1月末のことだった。

熱海市で暮らしている大学時代の後輩が訪ねて来た。ちょうどお昼どきだったので、駅前の鮨屋に誘い、鮨をつまみながら学生時代の思い出や近況を語り合った。

お互いに歳を重ねたいまの暮らしに話が及ぶと、会話が湿った。

「熱海市は高齢化率がついに40%を超えてしまいましたよ。この頃は、街を歩いていても年寄ばっかりですわ……」

67歳になったという後輩は、観念しているようにポツリポツリ家庭の事情を語り始めた。すでに高齢者の仲間入りをしている彼は奥さんと一緒に、同居している95歳の父親と、88歳の母親の暮らしを支えている。

かつて、熱海の市会議員を務めたこともある彼は、数年前に、脊椎を損傷し、杖に頼る身となった。ただでさえ日常の暮らしが不自由なうえに、両親の面倒をみるのは、体力的、精神的に負担が大きすぎる。

「老々介護というのはほんとに大変なことですワ」

そう言って、明るく笑い飛ばしていたが、深刻な嘆きである。

自分の体が思うようにならないので、その分、奥さんの負担が日々増しているという。隣近所の住人たちも同じように高齢者ばかりなので、自助、共助はすでに限界に達し、公助に頼るしかない。

急速に高齢社会が進む昨今、多くの国民が社会保障と福祉政策に敏感にならざるを得ない。この先、老いとどう向き合っていけばいいのか。そんな心細い人生に果たして希望はあるのだろうか。

熱海の後輩とため息をついて別れた翌日。沼津市内にある特別養護老人ホーム「あしたかホーム」を訪ねた。介護がまだ大きな社会問題になる前の昭和51年（1976）、沼津市内で初めて開設された特別養護老人ホームである。

この老人ホームは駿河湾の海と市街地を見下ろす高台にある。入所者たちは、部屋の窓から駿河湾の海と、伊豆半島を眺めて暮らしている。

80歳を超える老人が多いというが、ゆっくりと流れる時間の中で、スタッフから丁寧な介護を受けて過ごしている。ベッド数は１００床の新型老人ホームである。全室を個室にして10人単位のグループに分け、それぞれが日常生活を送るユニットケアだ。

入所者それぞれの生活リズムに合わせ、自宅の生活に近い環境を整えた部屋で、個別のケアを心掛け、看取り介護も実践しているという。

しかし、老人介護の世界も、人手不足が深刻のようだ。「スタッフを募集してもなかなか集まりません」と、女性の介護士さんたちは、思うに任せない現状を訴えていた。

地価が高い東京では老人ホームが不足していて、入所待ちの、いわゆる待機老人は5万人を超えているという。まさに「介護難民」時代は日々、深刻さを増している。

その点、沼津市は少し事情が違う。

このごろ介護付き有料老人ホームなどが増え、待機老人はさほど多くはないという。

「あしたかホーム」を運営する社会福祉法人春風会の理事長、石川光義さんは、こんな話をされていた。

「高齢者の福祉は、これからはハードからソフトへと移っていくだろう。つまり、これまでのように、施設を整備することから地域社会の中で包括支援センターを中心に、一人ひとりが地域と連携して乗り切っていく時代になると思う」

沼津市がいま取り組んでいる高齢者保健福祉計画によると、あと2、3年で市民の3人に1人が65歳以上の高齢者の仲間入りをする。

そして、国の推計では10年後には高齢者の5人に1人が認知症という時代を迎える。

それに加え、これからは独り暮らしや夫婦だけの高齢世帯も急速に増えてゆくというから、私たちはそれぞれ覚悟して高齢社会を生きていかなくてはならない。

高齢社会が進むにつれ、これまでのように、施設一辺倒の介護に頼ることが難しくなってしまうことは自明の理である。

沼津市の計画でも、住み慣れた地域社会で健康寿命を延ばす介護予防や、認知症対策に地域ぐるみで取り組むシステムを充実させることが、新たな、そして重要な課題となるだろう。

人は誰もが最後まで自立して生きていきたいと願う。高齢社会に生きる私たちのささやかな望みでもある。

日々の暮らしのなかで、喜怒哀楽の表情が乏しくなっていく介護老人を見るにつけ、老いることの寂しさや難しさを身に染みて感じているのは私だけではないだろう。

えりちゃんのオルゴール

秋が静かに深まってゆくころ、可愛いお嬢さんを亡くされたお母さんが、丹精を込めてつづられた絵本が出来上がった。

題名は、『えりちゃんのオルゴール』——

小学4年生のお嬢さんを病気で亡くされたあと、ずっと大切にされてきたわが子への思いを、お母さんが愛情を込めて綴った絵本である。

えりちゃんが亡くなったあの日から、もう25年が過ぎている。

忙しい日々に追われ、いつの間にか還暦を通り過ぎていたお母さんの「はっとり・ひろこ」さんが文章を編み、東京の美術大学で油画を専攻されている「かいぬま・ちあき」さんが絵を描いた。

ふたりは日ごろから親しくお付き合いをしている間柄である。

淡い水彩で丁寧に描いたひとつ、ひとつの絵は感性豊かな透明感にあふれている。

お母さんの追憶のなかに生きているわが娘への慈しみがにじみ出ていて、その絵本を手にしてみると、表紙の絵が扉の内側に綴られている慈愛に満ちた物語を予感させる。

前髪をまゆ毛の辺りまで伸ばし、後ろ髪をえりあしのところで切りそろえた半袖のワンピース姿の可愛い少女。

愛しいオルゴールを大切そうに両手で抱えている。

オルゴールから、色とりどりの花々となって舞い上がるように流れるメロディーを、小首を傾げて聴きながらほほ笑む少女。

その可愛らしい少女が、物語の主人公であるえりちゃんだ。

えりちゃんが病とともに生きた日々をていねいに綴った絵本から歓びと悲しみ、やさしさや辛さ、そして懐かしさなど生きる営みが織りなす感情の起伏が、読む人たちの胸に迫ってくるようだ。

その物語は、こんな日常の場面から始まっている。そして、ゆっくりと、穏やかに進んでゆく。

げん気だった　えりちゃんが、　きゅうに　おもいびょう気になったのは、３年生の
４月でした

いままでできたことが　だんだんできなくなり、学校にいくことも　たべることもつらくなりました

それから　しばらくのあいだ　入いんし、すこし　げん気になって　たいいんしたのは、七月の　あつい日でした

小学校に通うことがかなわなくなり、やむなく自宅で療養することになったえりちゃんにとって楽しいはずの夏休みが、さみしい、つらい夏休みになってしまった。

「おともだちに　あいたいなあ」

そう思っていたある日のこと　大好きなおじさんが訪ねてきた。そして素敵なオルゴールをプレゼントしてくれる。

その日から、えりちゃんとオルゴールはおともだちになった。

オルゴールのふたを開けると、楽しいメロディーが聞こえてきて、えりちゃんは広い草原に寝ころんでいるような気分になった

それから、えりちゃんの気持ちはどんどん軽くなってゆく。

不思議なオルゴールは、えりちゃんのその日の気分にあわせて　音色を変える。

ある日　オルゴールのふたを開けると、まぶしいほどの光に包まれた。

体がふわっと軽くなり、どこからか力がわいてきて先生やお友だちに会いたくなる。

あきになると　ねがいがかなって　学校に　いけるようになりました
先生やおともだちが、花たばと　たくさんの　はく手で　むかえてくれました
「どうもありがとう」
うれしさで　むねが　あつくなりました
……
おともだちと　たのしくすごした日　オルゴールは　オーケストラのように　いつまでも　力づよく　ひびきわたりました

オルゴールは、えりちゃんが楽しい気分のときは　力いっぱい元気づけてくれる。

えりちゃんが、おじさんにお礼の手紙を書いた夜、聴いてもらおうとオルゴールのふたを開けてみた。

すると、美しい音色は遠い夜空に、いつまでも響き渡った。

それから1年が過ぎ、風が冷たくなった秋、たくさんの想い出と一緒に、えりちゃんは旅だっていった。

乗り継ぎ、昔懐かしい上州・富岡の町に向かった。

　上越新幹線の開通で活気が蘇ったＪＲ高崎駅で下車し、のどかなローカル線の上信電鉄に乗り換えた。実り豊かな秋の田園を走ること40分、富岡駅に辿りついた。

　急ぎ舗装した道路沿いの古い木造民家の壁や商店のガラス戸に、「世界遺産」のポスターが張られ、幡旗が空っ風にはためいている。

　富岡駅から製糸場へ向かう人の流れに任せ15分ほど歩くと、正門の先に赤レンガ造りの大きな建物が現れた。団体客を乗せた大型の観光バスが次々と慌ただしく発着し、まだ、午前中だというのに、駐車場の入り口には「満車」の掲示板が掲げてある。

　明治政府は日本の近代化を進めるため、殖産興業をけん引させようとした。明治５年（１８７２）、主要輸出品である生糸の品質向上と増産を目指し、器械製糸技術を普及させるため創業したのが官営富岡製糸場である。

　製糸場には、高さ15㍍もある東、西２つの大きな繭倉庫、長さ１５０㍍に及ぶ繰糸場がコの字型に配置されている。周辺には、創業当時、来日して技術指導にあたったフランス人のポール・ブリュナが暮らしていた住宅や、全国から集められた女工たちが寝泊まりしていた女工館がある。それに、高さ36㍍の煙突が青空に伸び、創業当時を偲ばせていた。

　建物は、木骨レンガづくり。スギの材木を柱や梁にして、壁面にレンガを積み上げる構造である。これほど大規模な木骨レンガの建造物は世界的にも数少ない。

フランスから器械製糸の技術を導入し、昭和62年の操業停止まで１１５年間にわたり、官と民の手で操業が続けられてきた。

なかでも、最後の片倉工業は操業を停止した後も、「売らない、貸さない、壊さない」をモットーに、毎年1億円もの費用を投じて工場の姿を変えることなく保存管理してきた。

こうした片倉工業の信念と努力が、歴史的、文化財的価値を高めたとして、世界遺産につながった。その歴史的な事実を知り、将来を見据えた立派な企業があるのかと、私はひどく感心させられた。

この降って湧いた世界遺産騒ぎに、人口５万の小さな町の商店街はいま、経済の活性化に夢と希望を膨らませている。

「国宝の地酒ですよ。一杯、いかがですか」

商店街では気の早い店主が道行く人々に声をかけ、地酒を振る舞っていた。

生糸の原料となる桑の葉の形をしたクッキー、絹もち、繭っこ最中、絹石鹸……この機会に、世界遺産の威光にあやかろうと、過疎化が進む町の商店街は土産品の売り込みに躍起となっている。

「古い民家を壊して駐車場に変え、繭や生糸にかこつけた飲食や、土産品販売に活路を見出そうとする皮算用だが、この賑わいが果たしてどこまで続いてくれますかね……」

見学者に製糸場の歴史的価値を説明するボランティアの男性は、冷めた表情で話していた。

地方創生のチャンス到来ではあるが、産業遺産で観光発展をもくろむ富岡の試練はこれから正念場を迎える。

入り口のレンガの壁に、「明治5年」と刻まれたキーストーンを見上げながら、この世界遺産と静岡は、明治初期にどんな関わりがあったのだろうと、私は思いをめぐらせた。

音声ガイドに注意深く耳を傾け、製糸場内に置かれた資料にその手掛かりを求めたが、上州と駿河を結ぶ歴史的事実は確認できなかった。

しかし、富岡製糸場は当時、全国の模範となる製糸工場だった。

広く全国から集められ、この製糸場で働き、技術を学んだ若い工女たちは数年後、それぞれの故郷に帰り、次々と開設された製糸場で官営工場の製糸技術を伝えていったはずだ。

世界遺産を見学した後、〽いい湯だな……の伊香保温泉で一泊し、湯船にゆっくり浸かった。

沼津に帰った翌日、さっそく市立図書館に出掛け、手がかりとなる資料を探した。

『静岡県蚕糸業沿革史』をひもとくと、こんな記述があった。

――政府ハ富岡製糸場ヲ開始シテ各府県ヨリ伝修生ノ入場ヲ許シタルニ依リ、明治五年松崎、韮山、浜松等ヨリ二十余名ノ子女之ニ入場シ、同八年卒業帰国スルト同時ニ、有志ノ結社ヲ以テ韮山及松崎ニ製糸場建設ヲ見ル……

駿河や遠州、そして伊豆の地でも富岡製糸場で操糸技術を学んだ若い工女たちが、それぞれの故郷の有志によって開設された製糸場の指導者となり、製糸産業を興し、日本の近代化に貢献していたのである。

富岡製糸場は、技術大国ニッポンの原点である。

近代産業の中心となった富岡製糸場と静岡の人々の歴史的な関りを知り、国づくりの情熱を遠くから思うのもまた、誇らしい。

富岡製糸場が世界遺産になって、８年になる。

世界遺産に登録された当初、来場者は年間１３３万人に及んだが、３年後にはその半数以下に落ち込んでしまった。

維新政府の殖産興業政策を推進する模範的な工場として、富岡製糸場が日本の経済大国への基礎づくりの役割を果たしたことは間違いない。

最近、上州電鉄富岡駅も、おしゃれな木骨レンガ造りにして、レンガの壁は、製糸場と同じフランス積みにしたという。

近代日本の貴重な産業遺産を、地域の観光発展のためにどのように整備してゆくか、私たちはいま、世界遺産観光の難しさを考えさせられている。

愁いの春に

さまざまの事思い出す桜かな

江戸時代の俳諧師、松尾芭蕉がふる里の桜の木の下で、懐かしさに思いを込めて句作したという、よく知られた一句である。

江戸時代初期の貞享５年（１６８８）の春、芭蕉は生まれ故郷の伊賀上野を訪れた。40代半ばのころである。久しぶりにふる里に帰った芭蕉は、滞在中、かつて少年時代奉公していた藤堂家に招かれた。

下屋敷（別邸）の庭に咲く桜の木の下で、昔懐かしい人たちと出会い、久しぶりにお花見を楽しんだ。桜を眺め、懐かしさに感極まり披露した句だという。

そもそも、芭蕉が俳句に興味をもったのは、幼い少年のころだった。俳句が好きで、よく俳句を作っては楽しんでいた主人の藤堂良忠に仕えたのが縁だった。

良忠は「蝉吟」という俳号を持っていた。芭蕉はしばらくぶりに帰ったふる里で、今は亡き良忠が愛し大切にしていた、庭に咲く桜を感慨深く眺めた。

かつて仕えた日のことが脳裏によみがえり、昔を思い出し、ひとしお感慨がこみ上げてきたのだろう。

桜には、人々の歓びや悲しみなど、さまざまな記憶を感慨深くよみがえらせる、不思議な力があるようだ。

老境に入った私は桜前線の便りが届く季節を迎えると、気もそぞろに何だか落ち着かない気分になる。

新聞やテレビの開花情報を頼りに、日本列島に咲き初める桜を訪ねる旅の準備にとりかかる。仕事を退き年齢を重ねるとともに、桜をながめる旅が、人生の大きな楽しみの一つにもなっている。見ごろに合わせ南から北へ、西から東へ、足早に咲いてゆく桜前線を追いかける。

大勢の花見客で賑わう名所よりも、遠い山里で人知れず咲いている一本の老いた桜を訪ねるのが好きだ。

桜の木の下で、清らかな春の息吹を感じ、生きる幸せを思う。桜の旅は、長い人生の旅でもある。だが、残念なことに今年の春は思い通りに花見の旅を楽しむことができなかった。

年が明けて間もない、まだ寒い頃から楽しみにしていたのに、桜前線が近づいて来ても、桜狩りの旅に出かける気分になれないのである。

これでもか、これでもかと繰り返し押し寄せ、日本列島にまん延し、人々を苦しめているコロナウイルス禍の波は、すでに第7波をうかがっている。もし、ウイルスに感染してしまったときのことを思うと、気を許して花見の旅に出かける勇気が湧いてこなかった。

それに、ロシアの侵攻によるウクライナの危機が世界中の人々を震撼させ、尊い平和を脅かしているのも、桜の春を愛でる気分を萎えさせてしまったようだ。

長い冬が明け、まもなく春を迎えようとしていたウクライナの都市は、ロシア軍の無慈悲な、情け容赦ない侵攻により2月24日から激しい砲火を浴び続けている。

人々が暮らす家やマンション、学校や企業のビルなどあらゆるものが無残に破壊され、住民は逃げ惑い、多くの人々が犠牲になっている。

毎日、テレビ画面を通して、その無残な光景を見るのは忍び難い。新聞やテレビなどを通して知る、残酷な光景に、穏やかな春の気分はいっぺんにふっ飛んでしまった。

いま、私の心はすっかり萎えてしまい、のどかな気分で桜前線を追いかける気分になれないまま、マンションの部屋にこもり、テレビと向き合う無為な日々を過ごしている。隣国のウクライナに対するロシアの力づくで、執拗な攻撃は、ウクライナ国民ばかりでなく、世界の人々を震撼させ、恐怖に陥れている。

毎朝、午前6時。私は目が覚めると、急いで起き上がり、テレビをつける。そして、寝ぼけまなこでニュース画面に目をやる。

「今日もウクライナの情勢からお伝えします」

緊張したニュースキャスターの声で、気がかりな、重苦しい1日が始まる。

ロシアの侵攻から、間もなく2か月が経とうとしている。ロシア軍の爆撃によって破壊され、崩れ落ち、骨組みだけとなった高層ビル。無残に焼け焦げたガレキの山。破壊された戦車やトラック、乗用車……次々と、惨劇の画面が、茶の間の私たちに迫ってくる。

最低気温が氷点下となるウクライナの冬は長く、厳しい。

テレビ画面からは、凍てついた街に想像もつかないほどの、激しく、痛ましい戦闘のツメ跡が残されてゆく。

新聞やテレビの報道によると、ロシア軍はウクライナの兵士だけでなく、罪のない市民も無慈悲に殺害しているという。

市民が幸せな暮らしをしていた街中の高層マンションも、ロシア軍の攻撃で破壊されて、崩れ落ち、骨組みだけが無惨な姿をとどめている。

ロシアの執拗な波状攻撃で、路上には命を落とし、後ろ手に縛られた姿のまま、市民の遺体が放置されている。平和な日本では想像もつかない残忍な光景に、語る言葉もない。

ロシアのウクライナ侵攻が始まってから、毎日、数百人、数千人単位で死者の数が増え続けている。

戦禍に覆われたウクライナの街の暗く、悲しい、不気味な光景がテレビ画面に映し出されると胸が痛む。一体、犠牲者はどこまで増えるのだろう。

ロシア軍はなぜ、ウクライナの人々に執拗に、無慈悲な攻撃をするのか。人権を大切に、平穏な日々を過ごしている私たち日本人の感覚では想像することさえできない。

テレビ画面を通し、荒れ果てたウクライナの街を目にしていると、朝早くから夜遅くまでテレビの前を離れられなくなってしまった。

しかし、ロシアとウクライナは、互いに使う言語も文化も近く、「兄弟国」ともいわれているのに、ロシアはなぜ、これほど残酷かつ、無慈悲で執拗な攻撃を繰り広げるのか。

人権を大切に、平和な日々を過ごしている私たち日本人の感覚では、想像することさえできない。

テレビに出演した政治学者の姜尚中《カンサンジュ》さんは、こんなことを語っていた。

「テレビ画面で、破壊されたウクライナの街や、悲しみに暮れる人々を見ていて、痛ましく、義憤に駆られてしまった。なぜ、こんな惨いことが平気で行われるのか。外国同士というよりも、近親憎悪に近いものを感じてしまう」

ロシアの残虐な行為の背景には、常識では考えられない、「兄弟国」ならではの憎しみがあるに違いない。テレビで目撃したロシア軍の行為に、深く傷ついた人も少なくないだろう。一体、誰のために戦争をしているのか。日々激しさを増すロシアとウクライナの攻防を映し出すテレビ画面に、疲れ果ててしまった。いつものように南から北へ桜前線を追いかける旅は叶わなかった。

平和の象徴でもある桜を静かに眺め、暗い気分を少しでも慰めたい気分になった。大急ぎで仕度を整え、市内の桜の名所を巡ることにした。

ＳＬ機関車が展示されている高沢公園の桜は、いつもながら見事に咲き誇っている。平和で明るい子どもたちの元気な叫び声が聞こえてくる。それを見守る母親たちの表情も穏やかだ。逃げまどうウクライナの人々を想像してしまう。

桜のつぼみが膨らみ始めたころ、いつものようにＳＬの愛好家たちがやって来て、ホコリにまみれたＳＬ機関車の大掃除をしていた。

その心の通った機関車を取り囲むように咲き誇る桜の風景は、私たち市民を平和で穏やかな気分にさせてくれた。

観音川沿いの桜も、門池公園の桜も、それに、近くの小学校の桜も、それぞれ個性豊かで、平和な春の気分を満喫させた。

見納めは、愛鷹山の裾に広がる公園の桜並木である。

マイカーを駐車場に置き、春霞に包まれた駿河湾の穏やかな海と、平和な沼津の市街地を眺めながら、桜並木をそぞろ歩いた。

満開を過ぎたばかりの桜は圧巻だった。海からの風に吹かれて惜しげもなく花吹雪が舞っている。

粉雪のように、花びらが燦々と降り注ぎ、日ごろの憂鬱な思いに、ひと筋の明るい光を感じさせる。

ずっと、テレビを前にして気にかけながら見守って来た、戦場と化したウクライナの無惨な街の風景。

ひととき、その残酷な風景を忘れ、舞い散る花吹雪に平和の尊さを噛みしめた。

そして、一日も早く戦争が終わり、ウクライナの街に平和の花が咲いてほしいと心から思った。

ささやかな願いを抱きながら、平和でおだやかな春の風が吹き渡る桜のトンネルを心ゆくまで歩いた。

人生の秋に想う

黄金色に染まった街路樹のイチョウの葉が冷たい北風に舞い、季節は秋から冬へとかけ足で通り過ぎてゆく。

世間並みに人生の秋を楽しんできた私は、このところの厳しい寒さが身に堪え、心細い日々を過ごしている。

私の人生、季節で言えばどの辺りに差しかかっているのだろう。

書斎にしている北側の部屋の窓から、沼津の街並みを眺め渡す。その街並みの先に、なだらかな愛鷹山が控え、その上に雪を頂いた富士山が白く輝いている。

気高い富士山を仰ぎながら、人生についてあれこれ思案する日々である。

私の人生の暦《こよみ》は、すでに晩秋を迎えているのだろうか。それとも、まだ、中秋の名月に思いを巡らせ、実りの秋を楽しもうとしているのか。

ついこの間、マンションのベランダから眺めた、あの中秋の名月がなごり惜しい。老いてゆくわが人生を重ね合わせ、心に沁みるお月さんだった。

勝手ながら、欲を言わせてもらえるなら、もう少しの期間でいいから、中秋のお月さまと共に過ごしていたい気がしている。

厚生労働省の「簡易生命表」によると、２０２1年の日本人の平均寿命は、男性が81・47歳、女性は87・57歳だという。男女とも、香港に次いで世界第2位の長寿国である。

このペースで寿命が延びてゆけば、私たちは人生1００年時代を迎えるのも今となっては夢ではない。

年齢による人生の分け方には、さまざまな考え方があり、一般的には季節のように春、夏、秋、冬で表現される。

季節には幅がある。

秋といっても、初秋、中秋、晩秋……それに、このところの地球の温暖化の影響もあり、秋の実態も昔とは少々違うようだ。

日本人の寿命は、毎年、少しずつ延びている。収穫の多い秋を心行くまで楽しみたいというのが、人情である。

さて、人生の秋を実り豊かなものにするには、どう心掛けて過ごしたらいいのだろう。

それは、私たち高齢者にとり、日々、疎かにできない、老いてゆく人生の大事な、そして永遠のテーマだと思う。

この数年、猛威を振るうコロナ禍で、日々の暮らしの自由を奪われ、鬱屈した気分で過ごすことを余儀なくされている人は少なくないだろう。

つい、この間、自宅近くの集会場で5回目のコロナウイルスのワクチンを接種した。順番を待つ接種会場で左腕をまくり上げたとき、不安が胸をかすめた。

こんなに何回も貧弱な細腕にワクチンを打ち込んで、大丈夫だろうか……

ワクチンを接種してもらう広い会場で看護師さんと向き合いながら、不意にそんな不安がよぎったのである。

次から次へと押し寄せるしぶとい面構えのコロナウイルス。まだ、しばらくは衰える気配はなさそうだ。

今が人生を楽しむ貴重な季節だというのに、安心して心ゆくまで旅を楽しむことができないのは、心残りでならない。

毎日のように午後は、図書館に出かけ新聞や書籍の活字と向き合う暮らしは、すでに10年を過ぎている。私は図書館に入ると、まず新聞コーナーに直行する。その日の新聞をいくつか手にとり、1面から社会面まで記事に目を通す。

ロシアの侵攻で戦場と化したウクライナをはじめ、世界も、日本もさまざまな問題を抱え、一歩間違えば危機的な状況にあることに変わりはない。

残されたわが人生をどう生きてゆくか、思いを巡らす日々である。

図書館の本棚で作家の黒井千次さんの本と出合った。

黒井さんは、自らの「老い」を見つめ、日々、老いと向き合いながら、さまざまな角度から作品を書いている。90歳になられたという黒井さんは、自身のこれまでの体験などを元に、人生の秋、冬の生き方について、こんなふうに語っている。

――人間、誰もが人生の前半と後半は違うものである。生命の登り坂である前半の人生には、それなりの目安となる節目がある。

たとえば「成人の日」があり、20歳を越えれば飲酒や喫煙の自由が認められる。結婚、出産、育児……と、さまざまな人生の課題も控えている。

それに、なんといっても、希望や可能性を胸に抱きながら、華やかな明るい日々を過ごすことができる。

私自身の人生を振り返ってみると、黒井さんが指摘されるように、65歳でサラリーマンを定年退職するまで、次々と人生の節目に巡り合ってきた。嬉しいこと、辛いこと、悲しいこと、腹立たしいこと……

そして、老いと死は、人生後半に残された重い宿題である。

そう思うと、人生後半の幸せというものは、老いを素直に受け入れて真摯に生きてゆくしか道はないように思うのだがどうだろう。

その一方で、後半の人生は、取り立てて言うほどのこともなく、何をするということもなくのんべんだらりと、無為に過ごしてしまいがちな日々でもある。

そこに、日々アクセントをつけてくれるのが小さな旅だと思うのだが、旅への憧れも、コロナ禍にすっかり打ち砕かれてしまっている。

「還暦」とか、「喜寿」とか、人生の節目を通り過ぎて来たけれど、さして気に留めるほどのものでもなかった。

この夏だった。自治会の人がわが家を訪ねて来られ、「沼津市からです」と、「お祝い」と書かれた封筒を手渡された。

封を開けてみると、現金2千円が入っていた。ありがたく、大切に、机の引き出しに仕舞ったまま、もう半年が過ぎている。

「人生の後半というのは、だらだらと下り坂が続くだけである」

黒井さんが、そうおっしゃるように、ともすると、私たちは人生の最も大切な時期を無為に過ごしてしまいがちだ。

自らの老いと向き合うことを拒否したくはない。

長い人生の後半を生きてゆくには、老いを避けたり、無視したりすることはかえって空虚な日々になってしまうと思うからだ。

私たち高齢者はそれぞれ日々の暮らしを通して、有意義な人生の向き合い方を、自分なりに考えて模索してゆくしかないだろう。

むやみに老いを避けようとするのではなく、その重い課題に真正面から向き合ってゆく。

そして、老いの土壌にしっかりし杭を打つことが、人生の幸せにつながるという、黒井さんの考え方に、私は共鳴している。

現実に、人生の後半に幸せを見出そうとするなら、誰しもが老いを足場に、自ら模索してゆくしかあるまい。

沼津に移り住んで30年が過ぎた。

この町は、変化に富んだ豊かな自然と、文明が絶妙に折り合い、日々の暮らしに、魅力的な風景と雰囲気を提供してくれる。

毎朝、磨いたばかりのガラス戸や窓越しに映る沼津の街と自然の風景を眺め、老いてゆく人生を見つめながら、ゆく秋を静かに惜しんでいる。

みーつけた！

秋が静かに深まっている。

マンションの部屋の窓から、赤や黄色に染まりかけた愛鷹山を眺めていると、ふる里、信州の落葉松林の風景が蘇ってくる。

しばらくぶりに、あの落葉松林を歩いてみたいな……詩情ゆたかな落葉松林は、信州の山里に生まれ育った私に郷愁を誘う。

中学生だった頃、学校では冬の間、教室を暖めるストーブの燃料は薪《たきぎ》だった。晩秋を迎えるころ、全校生徒が先生に引率され里山に出かけた。弁当持参で、朝から広葉樹の雑木林に入り、午後の陽が傾くころまで枯れ枝を拾い集めた。

信州の冬はことのほか厳しい。晩秋から年が明けて3月初旬まで、最低気温が氷点下の日が続く。枯れ落ちた落葉松の枝葉は乾燥して燃えやすく、マキを燃やす点火材に使われた。ストーブ当番の生徒が、雑木を割ったマキの下に、乾燥した落葉松の枝葉をストーブに突っ込み火をつける。

パチ、パチッ……乾いた、心地いい音がして、落葉松の枯れ枝が勢いよく燃え上がる。生徒たちは燃えるストーブを囲み、真っ赤な顔をして両手をかざし、おしゃべりしながら温まった。それが、落葉松の思い出である。

日々、衰えを自覚しながらも、まだ体力と気力があるいま、あの落葉松林を歩いて晩秋の詩情を味わってみたい。そう思うと、心がはやった。

さっそく、八ヶ岳高原ロッジに２泊３日の宿泊予約を入れた。

ところで、足をどうするか。沼津の自宅から八ヶ岳高原まで１６０キロほどある。マイカーを運転して行くか。それとも時間はかかるが、のんびりとローカル線の電車を乗り継いで行くか、迷った。

と、いうのも、近ごろ、車の運転に一抹の不安を感じているからである。交差点でサイドブレーキをかけたまま発進しようとしたり、雨の日にフロントガラスのワイパーの操作に手間取ったり……

気づかないうちに運転操作に関わる記憶が薄れ、しかも、運転が雑になってきた気がする。それに、体力と反射神経も衰えている。

だが、急ぐ旅でもない。それに、隣に座る「妻ナビ」も健在だ。利便性を優先し、慎重な運転を心がけてマイカーで行くことにした。

出発の前日。バッテリー、エンジンオイル、冷却水、タイヤの空気圧など不具合はないか、修理工場で点検してもらった。

「これでＯＫです。気を付けていってらっしゃい……」

お墨付きと励ましの言葉を頂戴し、その朝、旅のアクセルを踏んだ。

沼津から国道２４６号線を辿り、御殿場から小山町へ。須走口で東富士五湖道路を北へ。河口湖ジャンクションでいったん高速を降りる。

年齢のせいか、１００キロを超す速度で高速道路を長時間走るのは疲れる。それに、高速だと緊張して沿線の秋の風景を眺める余裕もない。ひとまず中央自動車道を避け、河口湖畔の自然を眺めながら御坂峠を越えた。

峠の坂道を下り、一宮御坂インターチェンジで中央自動車道に上がった。ひたすら時速80キロで走行車線を走り、ようやく須玉インターチェンジで高速道路を降りた。

秋の陽に輝く八ヶ岳連峰の赤岳、横岳を眺めながら、野辺山で国道１４１号線を左に折れ、なだらかな坂道を八ヶ岳高原ロッジへ。

レタスやハクサイなど高原野菜は秋の収穫を終え、人影のない黒土の野菜畑が広がっている。

ダケカンバやナナカマドなど落葉広葉樹が色づき始めた林の中の道を辿ると、やがて端正な落葉松林が迎えてくれた。

柔らかな木漏れ日が差す道路の両脇に黄色や褐色に染まりかけ、真っすぐに伸びる落葉松の並木が続いている。

目指す高原ロッジは、すぐそこだ。ハンドルを握りながら車の窓を開け、ひんやりとした高原の冷気を吸った。

すると、突然、50㍍ほど前方に道路を横切る動物の影が視界に入った。

「あ、鹿だよ。道路を横切ってゆくわ」

妻ナビが驚いたように声をあげた。私は反射的にブレーキを強く踏み、スピードを緩めて目を凝らした。
5、6頭の鹿の群れである。家族連れだろうか。森の奥にも、別の群れが辺りを警戒しながら戯れている。
「鹿にご注意」の標識が道路沿いに建てかけてあった。野生の鹿が増え、道路を横切っている最中に車にぶつかる事故が増えているそうだ。

しばらく、路上に停車し、様子をうかがった。

先に道路を渡った母鹿が呼ぶと、子鹿たちは脇目も振らずに道路に飛び出し、あえなく事故に遭ってしまう。

３キロほど走ると、右手に赤い屋根の瀟洒な高原ロッジが見えた。

標高１５００メートルほどの一帯は、かつては国有林で、森を切り開き牛馬の放牧地になっていた。

戦後、日本が復興を果たし、高度経済成長期に入った昭和30年代末。リゾート開発を手掛ける西武鉄道の創設者、堤康次郎氏が国有林の払い下げを受け、軽井沢や箱根に続き八ヶ岳高原のリゾート開発に乗り出した。

父親の死後、跡を継いだ、作家で、西武百貨店、西友などを生活総合産業に築き上げた息子の清二氏が、箱根や軽井沢とは趣の異なる、俗化を排した自然郷の高原リゾート地に仕立て上げた。

確かに、この自然郷は隣の清里に比べ若者の姿が少ない。人と自然と文化を大切にした大人のリゾートの雰囲気が漂う。なによりも32万本の美しい自然の落葉松林がそれを象徴しているようだ。

翌日は、あいにく朝から小雨が舞っていた。

サービス精神旺盛なロッジの支配人が、自らマイクロバスを運転して色づいた周辺の森を案内してくれた。

ドウダンツツジが真っ赤に染まり、シラカバやハウチワカエデの黄葉も鮮やかである。

「いつもの年に比べ色づきが今一つよくないですね。地球の温暖化に加え、今年は大雨や台風が影響しているようです」

支配人は残念そうに言って、ロッジのすぐ近くにある、国内外のトップアーティストのコンサートが開かれるガラス張りのしゃれた高原音楽堂に案内してくれた。

この秋、フルート奏者の山形由美、バイオリニストの千住真理子、ピアニストの辻井伸行さんらのコンサートが開かれ、自然の中で芸術の秋を楽しむ人たちでにぎわったという。

マイクロバスを降りて支配人と別れたあと、降り続く雨の中を、傘を差して落葉松林を歩いた。落葉松はなぜ、これほど人々の心を魅了するのだろう。

落葉松の秋の雨に　わたしの手が濡れる
落葉松の夜の雨に　わたしの心が濡れる

中学、高校生の間でもよく歌われる「落葉松」という歌は、軽井沢の自然を愛した詩人の野上彰さんが書いた詩である。長い時を経てその詩に出会った作曲家の小林秀雄さんが感動し、野上さんの追悼の意を込めて作曲した。

教科書でもお馴染みの、よく知られている北原白秋の詩、「落葉松」は、大正10年8月、白秋が妻と軽井沢を訪れたときに書いた。

からまつの林を過ぎて　からまつをしみじみと見き
からまつはさびしかりけり　たびゆくはさびしかりけり

文芸評論家の川本三郎さんは『白秋望景』で、「まっすぐに高く伸びた、端正な落葉松の姿に孤高の美しさを感じたのかもしれない」と書いている。

落葉松は不思議な樹木である。

同じ針葉樹でも、坑木や枕木、電柱などに利用されてきた落葉松は、立派な住宅に使われるスギやヒノキに比べたら、経済材としては脇役である。言ってみれば、縁の下の力持ちだ。だが、その清々しいばかりの孤高の姿に人々は心を打たれ、世のはかなさを知り、そこに自身を投影する。

経済的な利益の追求に明け暮れる文明社会に、落葉松は人々にとって大切な心の泉でもある。

３日目の朝。強風と雨に散らされ、マイカーに降り積もった落葉松の細い葉を拭き払い、八ヶ岳高原ロッジを後にした。

わが家に帰った翌日。マイカーの掃除をしていると、ボンネットやドアの隙間に落葉松の枯葉が潜んでいた。

落葉松の枯れ葉は、ひっそりと、晩秋のかくれんぼを楽しんでいるようだった。

ぴんぴんころり

立春が過ぎたというのに、まだ、寒さが身に迫る3月末のことだった。

外出から自宅に戻ると、リビングのテーブルの上に置かれた1枚のハガキが目に留まった。

ふる里の信州・佐久で暮らしている中学の同級生、M君からの便りである。

——冬の寒さ、乗り越えられましたか。体調はいかがでしょう。桃の節句に、みんなで集まり、久しぶりにふるさとの話をしませんか……

そのハガキを手にしたとき、東京オリンピックが開かれたころ、「ふるさとのはなしをしよう」という歌が流行ったのを思い出した。

思えばふるさとの中学を卒業して、すでに60年を越す歳月が流れている。

「同級会のお知らせ」と書かれた、そのハガキには、あの頃の仲間を思いやる文章が淡々と綴られていた。心のこもった活字を追っていくうちに、懐かしさが込み上げてきた。

「たまには顔を見せてくれよ。みんな待っているよ……」

このところクラス会をご無沙汰していた私は、帰郷を促された気分になり、早速、幹事のM君に電話した。

「同級会のお知らせ、ありがとう。ご無沙汰していて申し訳ない。今回は久しぶりに出席するよ……」

そう礼を言い、懐旧の思いを伝えた。

私たちクラスメートは、１９４４年から終戦の年の１９４５年にかけて生まれた同級生である。戦時中の辛く、悲しい話は両親や祖父母たちから聞かされてきたが、もの心ついた頃には、戦後の復興が進み、世の中は落ち着きを取り戻していた。

同級生たちの家庭はみんな同じように貧しかったけれど、振り返ってみると、のどかでいじめもなく、楽しい学園生活だった。

同級生たちはこの4月から、それぞれ誕生日を迎えると75歳になる。否応なく「後期高齢者」の切符を手にする。

「後期高齢者」と呼ばれるのは、私自身、まだ遠い先のことのように思っていた。だが、月日の経つのは早い。わが人生、急な坂道を転げていくようである。

75歳の険しい峠をみんなでスクラムを組み、励まし合いながらゆけば、その先には、ささやかだが、体験したことのない生きる歓びがあるに違いない。

久しぶりに旧友たちと顔を合わせ、過ぎ去った日々を振り返る。これからも晩秋の人生を健やかに過ごすことができたら、幸せだろうな……M君の「お知らせ」の便りに、そんな思いが込められていた。

私はこの冬、萎えた気持ちを引きずったまま、自宅に籠りがちな日々を過ごしていた。

初冬を迎えるころ、人として尊敬し、さまざまな教えをいただいた人生の師でもある、浄土真宗真楽寺の勧山弘先生が浄土へ旅立って行った。

先生は折に触れ、天台宗の開祖、最澄の「一隅を照らす」という言葉を用いて、常に社会のため、人々のために尽くすことの意味と、大切さを教えて下さった。

新しい年を迎えても、不意に、先生のお元気なときの顔や姿、言葉が思い浮かび、寂しさと喪失感が募る。

そんな傷心のさなかに置かれている私には、舞い込んだふるさとへの誘《いざな》いは柔らかい春の日差しのようだった。

思えば、40代の働き盛りのころ、ふるさとで暮らしていた母を亡くした。そのときも、辛く、寂しい気持ちが募り、人生の悲哀を感じた。

その一方で、働き盛りの私には一家の大黒柱として家族を養ってゆく責任があった。毎日のように夜の夜中まで仕事に追われ、哀しみに沈んでいるわけにもいかなかった。

文明が高度に発達した管理社会は、個人が感情のままに生きることを許してはくれない。ともすれば、人々の精神文化は置き去りにされ、ひとときも立ち止まることが許されない、厳しく慌ただしい社会である。

しかし、いまの私は違う。仕事をすっかり離れ、世事に疎くなった半面、真正面から心ゆくまで自分に向き合いたい。ようやく、それが可能な齢になった。

生きる意味を考え、人生をどう歩むかという問いかけに、勸山先生の存在は余りにも大きく、語る言葉も一つひとつが心に響いた。

桃の節句を迎えた朝。春の長雨は音もなく降り続いていた。スタンドピアノの上に飾られた「お内裏雛さま」をしばらく眺めてから、ヤッケをはおり、リュックを背負って、降りしきる雨のなかＪＲ沼津駅に向かった。

東京駅で北陸新幹線に乗り換え、佐久平駅へ向かう。碓井峠を越えて軽井沢に差しかかるころ、雨は雪に変わっていた。

北陸新幹線の佐久平駅は、開業して22年になるそうだ。駅周辺にはマンションやショッピングセンターなど大型店が建ち並び、新しい高原の街に変わっていた。

新幹線を利用すると、佐久から東京まで1時間20分。近ごろは、首都圏から移住し、通勤するサラリーマンも少なくないという。

同級会の会場である千曲川のほとりに建つ古いホテルには、10人ほどの仲間がにぎやかにおしゃべりをしながら待っていた。

常任幹事があいさつし、すでに鬼籍に入っている友を全員が黙とうして偲んだあと、懇談がにぎやかに始まった。

久しぶりの再会は、昔懐かしい方言と笑いが飛び交い、盛り上がっていった。

田植えの準備や日ごろの畑仕事のこと。孫たちと暮らす楽しさ。老いた両親の介護や、これからの墓守の不安。そして、若い人たちが故郷を離れ、高齢社会が加速していることへの苛立ち……

しかし、話題が中学生だった遠い日のことになると、みんな笑い転げて懐かしんだ。

私はそのホテルに1泊した。雨は翌朝も降り続いていた。

久しぶりの帰郷に、懐かしさが募る。年齢を重ねるに連れ、体力も気力も衰え、これからは故郷に帰る機会も少なくなっていくだろう。そう思うと、感傷的な気分になった。

私を育んでくれた故郷の山河や街を、この目にもう一度焼き付けて帰りたいと思った。

ホテルを出て、私が高校を卒業するまで過ごした実家のある川向うの街に向かった。「野沢橋」と呼ぶ長い橋を渡りながら千曲川の上流に目を注ぐと、風景が昔とずいぶん変わってしまっている。

中学生のころ、豊かな清流で泳いだり、魚釣りをしたりした記憶が蘇ってくる。だが、その懐かしい千曲川は土砂が積もり、中洲ができて灌木に覆われていた。浚渫《しゅんせつ》など自然の管理がされず放置されているようだ。

長い橋を渡り、15分ほど歩くと、すでに空き家になって久しいわが家にたどり着いた。誰も暮らしていない家の中に入っても仕方ない。垣根越しにしばらく眺めた。辺りは静まり返り、隣近所の人に会うこともなかった。

子どものころ、賑わい、活気があった商店街を歩いた。人通りもなく、寂しい商店街である。菓子、魚、肉屋、履物、雑貨、スポーツ用品店、食堂に蕎麦屋……記憶に残る、懐かしい店の看板がそのまま掲げられている。

商店街はシャッターを下ろした店が多く、ひっそりと静まりかえっていた。降りしきる雨の中、人影の少ない通りを、車が水しぶきを上げて走っていく。病院や老人ホームのワゴン車が道路わきに止まっていた。お年寄りを病院や介護施設に送り迎えしているのだろう。

腰の曲がった小柄なお婆ちゃんが歩み寄ってきた。そのお婆ちゃんは雨除けの屋根のついた商店街の歩道を行ったり来たりしている。

「足腰が弱らないように歩いているところなんだよ。ここなら雨にも濡れないしね……」

そのお婆ちゃんは1年ほど前、一緒に食堂を切り盛りしていたご主人に先立たれ、50年営んできた店を畳み、今は独り暮らしをしているという。

「この商店街も、とうとうシャッター通りになっちゃったよ。昔はあんなに賑やかだったのにねぇ……」

そう嘆き、来た道を折り返して行った。

ＪＲ小海線の駅に向かって歩いてゆくと、表通りの裏手に、成田山・薬師寺が見えた。小学生の頃、境内でよく遊んだ寺である。

その参道脇に、大きなお地蔵さんが立っている。自慢の長寿の町にあやかり、人形店を経営する私の中学時代の友人が建てたのだという。

町の人に聞くと、豊かな自然の恵みに、人々の勤勉さ、「信仰」と、「親交」の深さが健康長寿の風土を育んできたのだという。

元気で、いつもぴんぴん長生きし、最期はころりと大往生する。友人はそう願って、「ぴんころ地蔵」と名づけたそうだ。

故郷に暮らす人たちは互いに仲良く助け合いながら、「ぴんぴんころり」を願って地域社会の絆を守っているのだろう。

ふる里の町が再び、人いきれのする賑わいを取り戻す日は来るのだろうか。冷たい春雨に濡れるお地蔵さまに手を合わせ、懐かしいローカル線の駅に向かった。

善意は永遠に

春の叙勲で、浄土真宗真楽寺の前住職、勧山弘先生が「旭日双光章」を授章された。

授章の知らせを聞いた日。私は心の底から、「よかった」と、思った。その感慨を追いかけるように、嬉しさが込み上げてきた。

勧山先生は、あの戦争で一兵卒として中国大陸に渡り、九死に一生を得て祖国に帰った。

そして戦後は、「一度死んだ命である。世のため、人のために生きよう」と、人生をかけて奉仕された献眼（アイバンク）活動で大きな足跡を遺された。

長い間のひたむきな活動が、国の栄典制度で初めて認められたのである。

皇居で授賞式が行われた、その日。勧山先生は豊明殿で天皇陛下にお目にかかり、「労《ねぎら》いと励ましの言葉を頂戴しました」と、ことのほか感激されていた。

受章者たちと共に参列していた勧山先生の前に歩み寄って来られた天皇陛下から、

「これからもお体を大切にしてください」

と、励ましのお言葉をかけられたという。

「昭和の日」と定められた4月29日の朝。叙勲を伝える新聞記事に目を通していた私は感慨を深くした。

戦後、僧職のかたわら、社会貢献の道ひと筋に歩んで来られた先生の足跡を、多くの人たちが心から歓び、尊敬に値する勲章だと、そのとき確信した。

勧山先生は、敗戦後間もない昭和21年（１９４６）、中国大陸から復員され、空襲で廃墟と化した故郷の沼津に帰ってきた。それは、奇跡といってもいい一兵士の帰還だった。

戦災で焼け落ちてしまった真楽寺を再建するかたわら、恵まれない人たちのためにわが身を顧みず、寸暇を惜しんで社会奉仕に身を捧げた。

先生の心の奥には、「自分は戦争で一度死んだ命である」という思いが、ことのほか強かったのだろう。

社会の底辺に飛び込み、多くの人々に救いの手を差し伸べた奉仕活動は幅広く、両手に余る。なかでも、自らが呼びかけ全国のライオンズクラブの仲間と始めた献眼運動は、すでに50年、半世紀も続いている。

病気や事故などで目の角膜を損傷した人々に、亡くなった人の角膜を移植して救済する「献眼」という行為の尊さは、今では多くの人に知られるようになった。

栗原裕康市長をはじめ、多くの市民も先生の叙勲の後押しをした。

勸山先生の叙勲を祝う祝賀会の席で、栗原市長が贈ったお祝いの言葉には、頷けるものがあった。

「社会のために何をしたか。それが勲章というものの本来の姿だと思う。勸山先生の長年に及ぶ社会奉仕活動は、その理想を体現したものであり、その行為はまさに勲章にふさわしい。きっと、これからも後に続く人たちの大きな励みとなるに違いない」

95歳を迎えたいまも、社会貢献に情熱を傾ける先生の功績が、正当に評価されたことは、なによりもうれしく、意味深いことである。

わが国の栄典制度は、近代国家を樹立した明治政府によって始められた。

戦争中は一時中断されたこともあったが、戦後になって復活してからも、官尊民卑、人間に対する等級付けではないかと、とかく批判されながら今日まで続いている。

官庁や、国、自治体の外郭団体、企業で高い地位を長く勤めれば、自動的に叙勲の対象となる。

そうした半ば形骸化した叙勲制度のありかたに、勸山先生の受賞は新たな魂を吹き込んだのだと、私は思う。

自治体をはじめ、強力な推薦団体や組織とは無関係の先生は、極めて狭き門である一般市民の個人推薦で叙勲の栄誉に輝いた。

推薦を名乗り出た友人の鈴木清次さんは現在、87歳。若き日の血気盛んな先生の熱意にほだされ、共に長い間、献眼活動を支えて来たライオンズクラブの仲間である。

「日ごろの献眼活動にかかる費用も身銭を切り、雨の日も、風の日も、そして深夜でも労苦をいとわず、恵まれない人たちのために飛び回る勸山先生の背中を見てきました。この先輩は命懸けでやっているな、と感動し、突き動かされました」と、当時を振り返る。

こうした先生の長年にわたるひたむきな姿に献眼運動への賛同者は増え、今日までに全国で１５０万人が献眼登録している。そうした善意の人々の献眼によって、６万人が角膜移植を受け、視力を回復された。

「私、ひとりでやったことではありません。私はドアを開け、みなさんの善意をつないできただけです。これまでに献眼をされた方々全員がいただいた勲章だと思っています」

謙虚に、そう語る先生は、献眼運動が世代から世代へ、これからも永遠に受け継がれていくことを、私は心から願っている。

先生のこうした社会奉仕の原点は、あの戦争にある。

昭和19年の冬、山口県下関の港から、荒れ狂う玄界灘を越え朝鮮半島から中国山西省に渡った。しかし、所属していた部隊は、八路軍との戦闘でアキレス腱を切断する大けがを負った勧山先生をひとり野戦病院に残し、昭和20年、風雲急を告げる沖縄に転戦した。

そして、米軍の激しい攻撃を受け、一人残らず戦死してしまった。

陸軍二等兵だった先生は、戦争が終わって1年間の抑留生活をしたあと、長崎の佐世保に上陸し奇跡の生還を果たした。

「これからは、拾った命を社会のために尽くし、戦友たちの英霊に捧げたい」

同じ部隊で一人だけ生き残ったことに大きな責任を感じ、新たな決意とともに心の重荷を背負いながら戦後70年を歩んできた。

戦友たちの無念の死と、勧山先生の献眼運動を結ぶものはいったい何だったのだろう。

激しい時代の移り変わりのなかで、50年もの長きにわたり奉仕し続けることができるものだろうか。

この沼津の街で先生と知り合い、お付き合いを始めてから、私はそのことを、ずっと考え続けて来た。

角膜移植は献眼する本人と、その家族に支えられている。

家族愛や夫婦愛のように、特定の人に注がれる愛とは異なり、提供された角膜は誰の目に移植されるかは、わからない。

「献眼は、一人の人間を再生させ、新しい生命を吹き込むことにほかなりません。この世の中に、これほどやりがいのあることはない」

勧山先生は信念をもって、こうも語る。

「私は自分の人生を振り返り、献眼という奉仕活動に長い間携わることができてほんとうに幸せだと思っている」

講演会に招かれると、先生は、「死者が生者を救うのです」と、医学の解剖現場などで使われてきた専門的な言葉をしばしば引用することがある。

先生とお付き合いしてから、亡き戦友たちへの思いと献眼運動を結んで来たのは、この人間愛に尽きると、私は確信するようになった。

勧山先生は献眼運動を通して、世の中の人々に感動の「物語」を贈り続けている。御年95歳で授章された勧山先生の「旭日双光章」は、善意の人間物語の終わりではなく、始まりだと、ご自身は思っているはずだ。

だから、先生はこの勲章を新たな出発点にして命の限り、これからも自身の物語をつくり続けていくに違いない。

「長いことご苦労さまでした。ちょっと、一服されたらいかがでしょう」

そう言おうものなら、たちまち、「喝！」が飛んでくるだろう。

それって、散策？

友人、知人、それに家族、親戚……私の周囲に、認知症を患っている人は見当たらない。

私自身のことを言えば、家族と雑談をしているとき、言葉がすぐに出てこなかったり、話の中身がかみ合わなくなったりすることが多くなってきた。

すると、いやがらせなのか、からかいなのか、家族から、「お父さんは認知症じゃないの？」などと、冗談半分とはいえ、つれない言葉を浴びせられる。

私自身は認知症ではないと確信している。齢相応の記憶力の低下、老化による脳の退化現象だと思っている。

街を歩いていて、徘徊していると思しき老人を見かけることはない。だが、私はよく散歩をするので、自宅がわからなくなり、散歩が徘徊に変わってしまう日が来るのではないかと、不安に思うことはある。それというのも、沼津市内で毎日のように行方不明の老人捜しを知らされているからだ。

「ピン、ポン、パーン……沼津警察署からお尋ねします……」

ああ、今日も老人探しが始まったか……同報無線のスピーカーから流れてくる尋ね人に耳を澄ます。昼間、自宅を出たまま夜になっても戻ってこない老人を探す、尋ね人の放送である。行方の分からない高齢者の家族が思い余り、警察署に届け出るのだろう。

警察はまず、市の同報無線を通して市民に協力を呼びかける。こうした老人探しが日常茶飯事となって久しい。

翌朝までには、「○○さんは、見つかりました。ご協力ありがとうございました」と、お礼の放送が流され、老人探しは一件落着する。

その多くは、徘徊する認知症の老人だ。道に迷って自宅に戻れなくなった老人たちを捜すのは、市民の協力なくしては解決できない。市民の目撃情報に頼るしかないのだろう。

この捜索システム、すごい威力を発揮するものだと驚きながら、大都会と違い、人情豊かな土地柄ならではだと、改めて感心する。

ところで、この町には認知症を患っている人はどれほどいるのだろう。

「高齢化とともに認知症の老人が増えていることは確かです。でも、詳しいことはプライバシーの問題もあり、実際にはなかなか正確につかめていないのが実情でして……」

市の長寿福祉課でも、認知症患者の正確な数字を把握するのは難しいようだ。

「認知症」は以前、「痴呆症」とか、「呆け」という言葉が日常的に使われていた。

しかし、医師など医療福祉の専門家から、「呆け」はあまりにも差別的な呼び方ではないか、と指摘され、「認知症」と呼ぶように改められた。

それでも認知症に対する社会の偏見は、払拭されていない。家族も認知症であることをオープンにしたがらない。社会的に隠された病ともいえる。

厚生労働省によると、わが国の認知症患者はあと10年もすると、７００万人を超えると予測されている。65歳以上の５人に１人が認知症を患うというから事態は深刻だ。

このごろ、認知症を予防するために、一般市民の理解を少しでも深め、地域で支えていこうという動きが盛んになっている。

沼津市神明町の婦人会が、住民に呼びかけて認知症予防の勉強会を開いた。

明日は我が身である。無関心ではいられないと思い、その勉強会に出かけ、実態を知りたいと思った。参加した人たちのほとんどが中高年の女性だった。

備えあれば憂いなし。将来の介護を覚悟してか、40、50代の主婦の姿が目立つ。

男性は自治会長ら４人ほど。それも70、80代の高齢者ばかり。人に接して、おしゃべりすることが認知症予防につながるというのに、男性たちは、秋の夜長、お月さんを眺め独り酒を楽しんでいたいのだろうか。

講師は、木村㐂久子さん。長いこと中伊豆温泉病院や老人福祉施設で、日本赤十字社の健康生活支援をするなど地域社会に貢献している。

この夜は、認知症高齢者の対応について、わかり易く解説してくれた。

私たちは「認知症」という言葉を日常的に使っている。だが、その症状についてきちんと理解している人は意外に少ないようだ。

正常な知的機能が、脳や体の病気が原因で次第に低下し、ものごとを記憶したり、判断したりする能力に障害が起こる。やがて、日常生活や社会生活に支障をきたす。そうなって初めて、医学的に「認知症」と呼ぶのだそうだ。

認知症の原因で最も多いのは、脳の神経細胞が減ってしまったり、死滅したりして脳が委縮してしまう「アルツハイマー型認知症」で、全体の半数を占めているそうだ。

このほかに、脳出血や脳梗塞を起こし、脳の働きが悪くなる「脳血管性認知症」や、大脳皮質の障害などによる「レビー小体型認知症」などもある。

木村さんの話だと、ひと口に認知症といっても症状がそれぞれ異なる。脳の神経が壊れて生じる主な症状は、

①まず、新しいことが覚えられない　②時間や場所がわからない　③スーパーで同じ品物をたくさん買ってしまう　④歯ブラシの持ち方を間違える　⑤ちょっと前の出来事を

忘れてしまう　⑥モノの名前が出てこない　⑦財布をどこに仕舞ったかわからない……

木村さんの話を聞きながら、私は日ごろの自分の生活をふり返っていた。

夕食に食べたメニューを思い出せない。知人の名字がなかなか出てこない。このごろ、些細なことで怒りっぽくなった。財布や大事なモノをどこに置いたか忘れてしまい、探し回ることがよくある。

アレレ……、思い当たることがヤマほどあるじゃないか……認知症の初期段階では、老化による物忘れと、区別がつけにくいというから、もしかして「黄信号」かもしれないぞ。

それに、このごろ自分が話したいことを、言葉を使って表現できなくなってきた、と思うことがある。

家族から、「都合が悪くなると、すぐ人のせいにするんだから……」と、苦情を言われることもちょくちょくある。

人を攻めるような攻撃的な言動や態度も、認知症の症状の一つらしい。

行動や心理的な症状の主なものは、徘徊したり、汚いものを口にしたりすること。それに、妄想や興奮、不可解な行動が多くなるという。

そう考えると、今、日課にしている散策もいつの間にか、徘徊に変わってしまい同報無線のお世話になる日が来るかもしれない。

木村さんは、認知症を患っている人に、記憶を確かめるような質問はしない方がいいと言う。たとえば、「さっき、言ったでしょ」「うん、もう、これなんだから……」などと、強く言ってはいけない。

また、認知症の人を孤独にさせるのもよくない。物事をわかり易く伝える。不可解な行動があっても受け入れる。何よりも家族など周囲の人がやさしく寄り添う気持ちをもつことが大切だと言う。

締めくくりは、スキンシップによるリラクゼーションの実技だった。2人1組となり、互いに首から肩や背中にかけて優しくさすり合った。

女性同士は、「気持ちがいいわね」などと言葉を交わしながら、盛んにスキンシップを楽しんでいる。

でも、お爺ちゃんたちはというと、男同士ではぎこちないし、やたらに女性の体に触れるわけにもいかない。どうしたらいいのか、みんなまごついている。

見かねた木村さんが近づいて来て、お爺ちゃんたちの背中をさすってあげた。

すると、お爺ちゃんはうっとりして目を閉じ、

「うん、こりゃ、気持ちいいもんだわなぁ……」

渚の乙女たち

晩秋の冷たい風に吹かれ、色づいた街路樹の葉が惜しげもなく舞い散る夕暮れだった。

いつものように散策から戻り、マンション1階の郵便受けを覗くと、大きなレターパックが窮屈そうに押し込まれている。

なんだろう?……取り出したパックはずっしりと重たい。首を傾げながら両手で抱え、リビングのテーブルの上に置いた。

急いでパックを開けてみると、外箱の背に『野澤南髙百年史』とある。「野澤南髙」は私の故郷、長野県佐久市にある県立高校である。

百年史をパックから取り出すと、表紙に赤褐色の布張りを施した、厚さ5㌢ほど、680ページもある分厚い史料である。

信州・佐久市にお住まいの中島瑞枝さんという方が、わざわざ贈って下さった。中島さんは野沢南高の卒業生で、いま、同窓会長をされている。

「百年史」に添えられた手紙には、過日、私が贈呈した拙著『風が吹いている』を読んだ感想と、その本にも書かれている、高校生のころ訪れた沼津の旅の思い出が綴られていた。

——佐久の誇りとする群青の空の下、モミジやドウダンツツジの紅葉がいま、光り輝いています。

美しい装丁がまず目に留まり、読みやすく、興味深い豊かな生活が綴られた随筆集『風が吹いている』をお送りいただき、ありがとうございました。

眠るのも惜しんで読ませていただきました。

先ずは、「杜蔭の青春譜」。このような文章に出合えたのは夢です。本当に嬉しく、年甲斐もなく舞い上がってしまいました。

野沢南高校は本年度１１０周年を迎え、改めてその歴史を振り返り、いろいろな人たちと、沼津西高との「交歓教育」の思い出話をしたところでした。

私も、昭和34年の2年時に沼津に行きました。両校の交流が10年目となった昭和35年には、3年生として沼津西高の生徒さんをお迎えし、食事や宿泊のお手伝いをしました。

今でも、沼津という地名を聞くたびに、あの「交歓会」を思い出します。

校長先生をはじめ、先生方のご努力により、素晴らしい体験をさせていただきました。

山国育ちの私たちにとって、当時、海で泳ぐのは稀なことで、何度も海に入って楽しんだことを思い出します。

この「百年史」には、中島さんが高校生だった頃の懐かしい思い出が綴られている。

敗戦後間もない時代、国内では物資が不足し、貧しさに加え、世相も未だ厳しい時代だった。わびしさと、かすかな希望が交錯する時代に、庶民が海水浴をするのは夢のまた夢だった。

両校が交歓教育を始めるきっかけは、沼津西高の校長だった式守富司先生のアイデアだった。

「修学旅行だけでなく、生徒たちにもっと各地を旅行させたい」

「夏休みで空いている高校の校舎を利用すれば安く旅行ができる。西高生の明るい性格に深みを加えるには、山の学校と交歓することが一番だ」

日ごろそう思っていた式守先生は、大学時代の心友で、佐久にある野沢北高の校長をされていた新田実先生に東京で会った折り、交流の話を持ちかけた。

ところが、野沢北高の生徒はほとんどが男子だった。

そこで、女子高同士がよかろうと、新田校長から野沢南高の高見沢庄七校長に話が持ち掛けられた。両校の校長先生はすぐさま意気投合し、女子高同士の海山交歓教育の話はトントン拍子で実現した。

交歓教育はなによりも、太平洋戦争の敗戦と、物資不足など時代の暗さに覆われた学園の空気を明るくした。

初めて海の町、沼津を訪れた野沢南高の生徒たちは、千本浜海岸の波打ち際で、心ゆくまで波と戯れ、生まれて初めて体験する楽しいひとときだった。

この貴重な交流行事は、先生や、生徒、それに父母たちの熱意で昭和35年の夏まで10年間、両校の名物行事として続けられた。

両校の校長先生の自由な教育への発想と、確信をもった向き合い方は、今日の事なかれ主義の管理社会では考えられないことである。

中島さんは、2年生だった昭和34年に、初めて沼津を訪れた。

今のような新幹線の時代なら、沼津と佐久の間は片道3時間ほどで往き来ができる。しかし、当時は鈍行列車で何度も乗り継ぎし、8時間以上もかかる退屈な列車の旅だった。野澤南の生徒たちは朝早く自宅を出て、沼津の海に憧れる親ガメ、子ガメさながらに、長い、長い旅をした。

ようやく沼津駅に到着すると、そこからは徒歩で千本松原を目指し、心地よい潮騒を耳にしながら松林に囲まれた西高へと向かった。

旅装を解いた夕食後、全員が近くの千本浜に出て夏の風物詩である花火大会の観客となり、夜空に開いた大輪の花を眺めながら、故郷の家族を思いやった。

生徒たちは、翌日は朝から夕方まで駿河湾の浜辺で波と戯れた。

そして静岡市の登呂遺跡や、天下の険と歌われた箱根にも足を伸ばす。沼津の海を楽しんで帰郷した生徒たちは日焼けして、顔も手足も真っ黒になっていた。

沼津の夜は、標高の高い信州の高原と違い、むし暑さが堪えたようだ。生徒全員が板張りの教室にせんべい布団を敷き詰めて寝た。

参加された青柳恵美さんは、百年史に懐かしい思い出を寄せている。

――駅を降りて、西高に向かうと、やがて潮のにおいがしてきた。そして銀色の波が手を振っていた。素晴らしい海岸の風景だ。

松林の中に学校があり、温かく私たちを迎えてくれた。夜、消灯すると、蚊がうるさい。足を垂直に上げて「ボリボリ」掻いている音があちこちから聞こえて来た。蚊も暖かい土地で育ったのか、刺された跡が大きく膨れ上がっている。

野沢南高は交歓10年目の昭和35年度に創立50周年を迎えた。

新校舎建設の準備で、俄かに慌ただしくなり、生徒たちが楽しみにしていた沼津西高との「交歓会」はやむなく取りやめになってしまった。

そしていま、交歓教育の画期的な歴史を持つ両校にも少子化という時代の波が押し寄せている。歴史と伝統のある両校は、将来へ存続をかけた「学校統合」という新たな課題と向き合っている。

令和元年の花見

桜に出合う旅は、せわしさと喜び、それに寂しさがないまぜになった旅でもある。野山や街が桜色に染まる、明るい、にぎやかな季節を迎えた。

天候が不安定なうえに、花の命は短い。それが分かっているから、桜の清らかな美しさや散りぎわのはかなさに、人々は感動するのだろう。

新しい元号が「令和」と決まった4月1日、私は岡山市内にいた。

久しぶりに桜に彩られた岡山の街を散策してみたくなり、ぶらり、お花見の旅に出たのである。沼津の自宅を朝早く出発。東海道新幹線で岡山駅に着いたのが午前10時過ぎだった。

仕事や行楽で、何度か、岡山を訪れている。

初めて訪れたのは、新婚旅行で山陽、山陰地方を巡る途中だった。東京や大阪のような大都市と違い、岡山の街はのんびりとした穏やかな雰囲気を残している。

路面電車が走るレトロでのどかな趣のある通りの佇まいが魅力で、心安らぐ街の雰囲気に、私はずっと憧れを感じてきた。

岡山・後楽園は、梅園で知られる水戸の偕楽園、松の雪つりで知られる金沢の兼六園と並び「日本三大名園」の一つである。

後楽園の桜は、タイミングよく満開に咲いていた。

開門を待っていると、空模様が俄かにおかしくなってきた。やがて雷鳴が轟き、大粒の雨が広場をたたきつけ始めた。夕立ならぬ朝立ちである。

お花見を楽しもうと、開門を待っていた人たちは、慌てて木陰やみやげ店の店先に避難した。私も大きな建物の軒下に駆け込み、雨が上がるのを待った。

通り雨だった。雨雲が去り、爽やかな青空が広がった。入園者の列に並び受付を済ませ入園した。手入れがゆき届いた柔らかな芝生を踏みしめ、回遊式庭園をゆっくり歩いた。

雨で洗われた、鮮やかな緑の芝生の先に、淡い紅色のソメイヨシノが綿あめのように浮かび上がっている。岡山城を背に咲き誇る大きなベニシダレザクラは、ひときわ鮮やかで存在感を増していた。

時間をかけゆっくりお濠をめぐり、桜を愛でたあと、昔懐かしいチンチン電車（路面電車）が走る広い大通りをＪＲ岡山駅に向かった。

人口72万の県都、岡山市。後楽園の名園といい、レトロな路面電車といい、歴史文化遺産が大切に受け継がれ、新たな街づくりに生かされている。広い大通りを歩きながら、歴史文化都市の奥行きを感じさせる魅力的な都市だと、改めて思った。

　正午前。駅前にあるデパートに立ち寄った。この日は、内閣官房長官が新元号を公表する特別な日である。

　エスカレータで上がり、婦人服売り場にさしかかったとき、大きな叫び声が聞こえた。

「元号は、〈れいわ〉だそうですよ！」

　売場でスタッフの女性がスマホを高くかざし、大声で叫んでいる。

隣の売場のスタッフや買い物客が駆け寄ってきて、次々と、スマホを覗きこんでいた。

「あら、〈令和〉と書くのね。ちょっと硬くて、難しそうね……」

「でも、最初はそう思っても、〈平成〉と同じで、時間が経つに連れ慣れていくものよ」

「令和って、どんな意味があるのかしら？」

　売り場は、たったいま発表されたばかりの元号の話題で盛り上がっている。

「令和」と聞いたとき、私は「令」という漢字に、なぜか、権威や組織の規律のような硬いイメージを浮かべた。

「平成」という、穏やかで流れるような字体や響きと、無意識に比べていたのだろうか。それに、日ごろ権力への忖度が蔓延し、民に寄り添う政治に疑問符がついている印象が意識の底にあったのかもしれない。

サラリーマン時代、私は「辞令」一つで職場を変わったり、あちこち転勤したりした。たとえ不満があっても、先輩や上司の「命令」にはむやみに逆らうことはできなかった。それに、世間に知られてはまずい、大事なことなどは、職場で「箝口令」がしかれ、口をつぐむこともあった。

一方、「れいわ」という言葉の響きは、確かに歯切れがいい。さっぱりした清らかな心地よさもある。この日のお花見日和のように、清く澄んだ自然界の清冽な余韻が広がり、空気が冴えわたる桜の季節にふさわしい、趣きを感じた。

国語辞典によると、「令」は、「よい」「立派な」という意味がある。「令和」の考案者と言われる国文学者の中西進さんは、「令は善を意味する」とも、言っている。

元号というのは、良くも悪くも、その時代を生きる人々の心に深く関わってゆくものである。まずは、汚れのない清らかな時代になってほしい。

それに、なによりもこの日は間もなく迎える「令和」の時代に、幸せを願う幸先のよい桜の旅に花を添えてくれた。

岡山から沼津に戻った一週間後、再び桜狩りの旅に出た。

昔から桜の名所として知られる奈良・吉野山へ。京都から電車とバスを乗り継ぎ、ようやく吉野にたどり着いた。山全体が、華やかに咲き誇る吉野の桜。門前町を行き交う花見客の群れに圧倒された。

日本列島は、東日本がソメイヨシノ文化圏、西日本がヤマザクラ文化圏に別れている。吉野山を彩るのは主にヤマザクラである。標高２３０―７５０㍍の高低差に下千本、中千本、上千本、奥千本と、一か月ほどかけて3万本のヤマザクラが開花し、咲き乱れてゆく。

訪れた日は、下千本と、中千本が見ごろを迎えていた。左右両側の尾根から谷にかけ、幾重にも折り重なるようにヤマザクラが埋め尽くしている。

信仰の霊山といわれる吉野山は平成16年、「紀伊山地の霊場と参詣道」として世界遺産となった。以来、桜の季節を迎えると、全国各地から20万人を超す花見客が訪れ、吉野山に華やかな風景が蘇る。

吉野の桜の歴史は１３００年。その名を高めたのは、平安から鎌倉時代に生きた歌僧、西行法師である。西行は吉野の桜を溺愛していた。

願はくは花の下にて春死なむその如月の望月のころ

西行法師が名声を高めた吉野の桜は、江戸時代になると、その名は広く知れ渡った。

俳人、松尾芭蕉も吉野を訪れている。

芭蕉が残した紀行文「笈の小文」によると、江戸前期の貞享５年の春、門弟の坪井杜国を伴い、吉野山で３日ほど過ごし、群生するヤマザクラの美しさに酔いしれた。

しばらくは花の上なる月夜かな

吉野山が埋め尽くさんばかりの桜に覆われるようになったのは、なぜだろう。山道を辿りながら考えた。

かつては針葉樹や照葉樹の原生林だった吉野山は、藤原京や平城京を造営するのためにカシやモミ、ツガなどの大木が伐採された。そのあと二次林としていまの原型ができあがった。

だが、なぜ桜が植えられ、それも長い間、守られて来たのか。まだ解き明かされていないことも少なくない。

明治時代の日露戦争を記念し、吉野では大正時代に桜を保護する保全活動が始まっている。

そして、戦後の昭和23年には、「ふるさとの桜を大切にして、子供を育てよう」と、小学校の校長先生たちが呼びかけ、サクランボ拾いが始まった。

いまも、ボランティアを中心に毎年、サクランボの種を保存し、苗木を育てている。

望郷と憧れ、そして生きがい……人々がさまざまに思いを託す桜は、ずっと永遠の存在であってほしい。

しかし、心配なことに、吉野の桜はそのボリュウムや色つやに近年、陰りが見られるという。

確かに、見渡すと盛りを過ぎた老木が多く、山全体が衰退しつつあるようにも感じられた。

ヤマザクラの寿命は約１００年という。樹病にかかったり、生育本数が過密になったりしている桜も少なくない。

毎年、桜のシーズンを迎えると、大勢の花見客が押し寄せるので、桜の根元が踏み固められてしまう。マイカーによる大気汚染も加わり、吉野の桜は受難の時代を迎えている。

それに、地元の人々にとって心配なのが、急速に進む人口減少と高齢化である。山深い桜の名所では、近年、どこも過疎化による人手不足で桜の管理が行き届かなくなっている。

里桜のソメイヨシノも、すでに世代交代期を迎えている。

中国山地の城下町、津山市を訪れたとき、ソメイヨシノに代わり、新しい品種のジンダイアケボノザクラが満開に咲いていた。

戦後、植樹されたソメイヨシノはすでに老化が進み、やがて姿を消す運命にあるのだろうか。

桜も人間社会と同じように世代交代が進んでいる。時代が移り代わっても、永遠に麗しく、私たちに希望の春を贈り続けてほしい。

ふる里へ墓参り

おだやかな秋日和に恵まれたお彼岸の頃、日ごろご無沙汰しているご先祖さまのお墓参りを思いたち、妻と一緒にふたりのふる里を訪ねた。

信州の佐久市と小諸市——コロナ禍で、遠距離の旅を控え、ずっと沼津の自宅に籠っていたので、久しぶりの帰郷である。

コロナウイルス禍が日本列島に蔓延して3年が経つ。この間、好きな旅をすることも叶わず、ずっと自宅に籠もりがちの暮らしである。

そんな事情もあり、ご先祖さまたちが眠っているふる里には長い間ご無沙汰してきた。

振り返ってみれば、ご先祖様たちにお会いするのは、実に5年ぶりである。それに、マイカーを運転して長距離を走るのもしばらくぶりのことだ。

年齢とともに体力が落ち、老いも重なり、マイカーの運転感覚はいささかさびついてしまっている。果たして、長距離運転に耐えられるだろうか。一抹の不安が募る里帰りだった。

途中で事故に遭いませんように、車がエンコしませんように、カミサマ、ホトケサマ……念には念を入れ、前もって、修理工場に車を運び、念入りに点検してもらった。

「さあ、これで、大丈夫。心配ありませんよ。交通ルールを守って、よい旅を」

ベテランの整備士からお墨付きを頂戴したのだが、それでも不安が募るドライブの旅だった。

その朝早く、快晴の空を見上げて深呼吸して、おもむろにハンドルを握った。唯一、頼りにしているのが、助手席の「姥ナビ」である。

このごろ認知機能が衰え始めているドライバーの不安な心のうちを知ってか知らずか、姥ナビは「ヨッコラショ」、と助手席に腰を下ろした。

深呼吸し、気合を入れ直して、さあ、出発進行——

青い富士山を眺め、国道２４６をひたすら北へ。通勤のマイカーや長距離のトラックなどで国道はかなり混んでいた。

御殿場からひと山越えて河口湖へ。さっきまで青空が広がり、秋晴れのいいお天気だったのに、県境の山は土砂降りの雨である。つづら折りの山道を登り、長いトンネルを抜け、ほっとする。ハンドルが手に馴染んできたのか、ようやく緊張がほぐれた。

一宮御坂インターで中央自動車道に上がる。雨もすっかり止んで青空が広がり、快適なドライブ日和だ。トラックも乗用車も制限速度を超えて走ってゆくが、こちらはマイペースで、ひたすら走行車線を走り続ける。

ふたりともトイレが近い。昔は、長距離をドライブしても、トイレタイムなんてなかったのに、お互いに容量が小さくなり、弾力性が失われてしまったせいか、「ちょっと、タイム！」の連続である。

その度に、ドライブインに立ち寄り、用事を済ませ一息入れる。すっきりした気分になって再び、発車オーライ――

ようやく須玉インターチェンジで高速道路を降り、一息入れた。ここからは、曲がりくねった山あいの国道をひたすら北へ向かう。

高齢者の運転は、勘違いと、信号や標識の見落としが多いそうだ。だから、隣にデンと座っている自家製「姥ナビ」が唯一の頼りである。姥ナビの枯れた音声に従い安全運転を心掛け、ひと息入れながら、我が人生のような曲がりくねった山道をひたすら北へ走った。

ひと山越えて、佐久平に入ったころ、小さなスーパーマーケットに立ち寄り、菊やキンセンカ、ユリなどお墓に備える秋の花を買い求めた。

まずは、去年の夏に亡くなった、妻の姉さんのお墓参りをしようと、長野新幹線・佐久平駅の裏手にあると聞いていた墓地を訪ねた。

お墓は鎮守の森にあると聞いて来たのだが、新幹線の「佐久平」駅を中心に住宅やビルが建て込み、それらしき森も、お墓も見つからない。

途方に暮れ、辺りを見回しながらひと休みしていると、通りがかりの年輩の男の人が気の毒に思ったのだろう、一緒になってあちこち探してくれた。その親切な地元の人のおかげで、ようやく鎮守の森にたどり着くことができた。

お墓は、住宅街の杉木立の中にあった。

その人にお礼を言い、墓石に水をかけて、掃除をしてから、秋の草花を手向けた。そして、ふたりで墓石の前にしゃがみ、両手を合わせお姉さんのご冥福を祈った。

昔と少しも変わらない、ふる里の人々のご親切に、お礼を言って別れたあと、私たちが生まれ育った隣町のビジネスホテルに向かった。

久しぶりに訪れたふる里の街は懐かしかった。

だが、時代に取り残されてしまったように活気が失せた街の佇まいを目の前にして、想い出ばかりが走馬灯のように浮かんだ。

少年の頃、恒例の夏祭りで神輿をかつぎ練り歩いた商店街は、買い物かごを下げた主婦や、学校帰りの子供たちであふれていた。

コロナ禍の影響もあるのだろう、人の姿も疎らで、子どもたちの声も聞こえてこない。

昔、景気のいい声が飛び交っていた魚屋に八百屋。菓子、履物店……街の賑わいの中心だった店は軒並みシャッターを下ろし、昔の面影を残す通りは静まり返っていた。

懐かしさがこみ上げ、車をゆっくり走らせた。子どもの頃の楽しかった思い出が次から次へと、蘇ってくる。

帰郷するたびに立ち寄り、ごちそうになった、美味しいうどん屋も「休業」の看板を掛け、入り口の戸が閉ざされていた。

父、母が亡くなってすでに長い年月が経っている。空き家になって久しいわが家は、どうなっているだろう。せっかく、ふる里に帰ったので、固く閉ざされた垣根越しに眺めた。桜や梅、マツなど成長した樹木が鬱蒼と生い茂り、雨に濡れていた。

亡き父母が季節、季節に手を入れ、丹精を込めた緑の芝生の庭も、雑草が伸び放題。昔の面影はなかった。

冷たい小雨に濡れながら、私たちはしばらく呆然として、荒れ果てたわが家を眺めた。隣近所の家々も、人の気配がなく静まり返り、冷たい雨に濡れている。

人口が減り続け、衰退してゆく街並みとは対照的に、郊外にはいくつもの高速道路が走り、新たに道路の建設工事が行われていた。

経済合理主義を掲げ、都市と都市を結ぶために、新しい高速道路が張り巡らされてゆく日本の国土づくりは、私たちの思い出のふる里を一気に呑み込んでしまったようだ。

そして、昔は老若男女で賑わい、活気に溢れていた、人情豊かな街は、暮らしの臭いを失い、時代に取り残されてゆくのだろうか。

その日、宿泊したビジネスホテルの客は、ほとんどが、新しい道路建設にかかわる作業員たちだった。経済合理主義によって見捨てられ、やがて消えゆく運命にあるわがふる里。その懐かしくも、寂しい姿を眺めるのは衝撃的で、辛かった。

翌日。小諸市内にある私と妻の両親が眠るお墓をそれぞれお参りした。墓前にコスモスなど秋の花を手向けてお焼香し、平素のご無沙汰を詫びながら手を合わせた。

そして、しばらく墓前に佇み、ぼんやりと考えた。

先祖の墓は歳月とともに遠くなるばかりだ。それに、大勢が入れるような大きな、立派なお墓でもない。この頃は、時代の変化を映して、共同墓地、海への散骨、樹木葬、手元供養など埋葬のあり方も多様化している。

ご先祖さまのお墓参りは、人生の後始末の難しさを考えさせられる旅でもあった。

お墓参りを済ませてから、久しぶりに八ヶ岳高原ロッジに一泊した。標高の高い高原は、ひと足早く夏が去り、ロッジの周辺の自然は、秋へと移ろい始めていた。

翌朝。色づいた落葉松の林の道をドライブしながら、肩の荷が少し軽くなった気分で沼津のわが家へ向かった。

想い出酒

かつて同じ職場で仕事をしていた先輩、後輩が、久しぶりに東京・銀座のレストランで「昼めし会」を開くことになった。

65歳まで勤めた会社をなんとか無事卒業し、沼津の田舎に引っ込んでしまった私にとって、久しぶりの東京である。

退職する前の５年間、沼津から東京まで新幹線通勤していた。

自宅から東京・大手町の会社までドア・ツー・ドアで1時間半。時間距離はずいぶん近くなったと感じた。だが、それも退職してからは、東京が遠くに霞んでしまった。

乗降客でごった返す東京駅のコンコースを抜けて八重洲口に出る。昼めし会まで、時間はたっぷりある。お上りさん気分で、久しぶりの銀座までぶらぶら歩いてゆくことにした。

ＪＲ有楽町駅前にある東京交通会館の前に差しかかったとき、ビルの地下に小さなスタンドバーがあったのを思い出した。若いころ、よく通ったスタンドバーで、懐かしさがこみ上げた。

そのバーは「本日開店」と言った。地下1階の奥まった場所にあり、客が10人も入れば満席になってしまうほどの、小さなバーだった。

昭和40年代前半、世の中は高度経済成長に浮かれていた。

私たちは深夜にときどきこのスタンドバーにやってきた。安いウイスキーの水割りを注文し、終電が近づく深夜まで飲んだくれた。

有楽町のガード下にある焼鳥とか、おでんの屋台で1杯引っかけたあと、「本日開店」に立ち寄るのがコースだった。

カウンターを挟んで、丸顔で、髪を角刈りにした、濁《だみ》声のマスターが立っていた。若いOL風のホステスが話し相手になり、終電が近づくころまで酔客の相手をしていた。

ざっくばらんで、話題が豊富なマスターも、アルバイトのホステスたちもサラリーマンの客たちに人気があった。

いつも、その濁声で冗談ばかり飛ばしているマスターのことを、私たちは親しみを込めて、「アベちゃん」と呼んでいた。安っぽいウイスキーの味を覚えたのも、夜の社交術を身につけたのも、このスタンドバーだった。

今でもカフェやレストランに入ると、カウンター席に座りたくなるのは、多分、あのころのカウンターの居心地の良さがすっかり体に沁み込んでしまっているからだろう。

あれから40数年の年月が経っている。大都会の夜の商売は競争が激しい。いくらなんでも、「本日開店」は、無くなってしまっただろうな……そう思いながら、地下1階に降りて行った。すると、どうだろう。狭い通路の突き当りに、あの頃のままの「本日開店」と書かれた赤い文字の看板が目に入った。今も営業しているようだ。俄かに懐かしさが募った。

入り口に近づき、ガラスのドア越しに店内を覗いてみる。薄暗い、狭い空間に、カウンターと腰高のイスが10脚ほど並んでいる。店内はあの頃のまま、変わっていない。

アベちゃんは今も健在で、マスターとして冗談を飛ばしながら、店を切り盛りしているのだろうか。いや、いや、いくらなんでもそれはないだろう。

あれから半世紀近い月日が流れている。別の人間が「アベちゃん」の思いを受け継ぎ、「本日開店」の看板を守っているのかもしれない。当時のアベちゃんの年齢からすれば、そう考えるのが自然だ。

生存競争が激しい大都会の片隅で奮闘している「本日開店」のふてぶてしい面構えに、驚きと懐かしさがこみ上げた。しばらくドアの前に佇み、あの青春時代を懐かしんだ。

時間が迫っていたので交通会館を出て、銀座の会場へ急いだ。

会場のレストランにはすでに参加者全員が集まっていた。乾杯のあと、近況報告と、和やかで気ままなお喋りが始まった。

「今年に入って、弟が亡くなってしまってね、自分より年下の者が先に逝ってしまうのは、辛いもんだね」

79歳になる年長の先輩は、故郷の福岡で小さい頃から可愛がっていた弟の死を偲び、想い出をひとしきり語った。そんな身内の話に始り、私たちが避けることのできない「生老病死」がひとしきり話題になった。

先輩は3年前、股関節の手術をしてこのごろようやく歩けるようになったと言い、安堵の表情を浮かべていた。

4人の中で一番若い、まだ70歳前の後輩は日焼けした顔をほころばせ、今も健康な日々を送っているようだ。

「ずいぶん、日焼けしているね」「健康そうでいいね」

そう、話をむけると、

「実は、女房と四国の松山へ行ってきましてね。夜行バスで今朝、帰って来たばかりなんですよ」

疲れも見せず、そう言って身を乗り出し、お遍路さんを語り始めた。

彼は数年前からお遍路を始め、四国にある弘法大師、空海ゆかりの八十八か所の寺院を巡っているという。

巡礼は「順打ち」で、一番札所の徳島県鳴門市の竺和山霊山寺からスタートした。

愛媛県宇和島市から松山市まで１５０キロほどを５泊６日で歩き、51番札所の熊野山石手寺までお参りしてきたという。

その旺盛な気力と、強靭な体力が羨ましい、とみんな身を乗り出し、お遍路さんの話に耳を傾けていた。

「最初のころよりも、明らかに体力がなくなってきましたよ。むしろ女房のほうが元気なくらいで、道中、随分叱咤されました……」

健康増進、自分探しの修行とはいえ、コンビニも自動販売機も見当たらない険しい山道を歩くのは、日本百名山を踏破した健脚の山男にも堪えたようだ。

しかし、疲労のなかにも達成感があったのだろう、

「途中、山道で立ち止まって飲んだ冷たいビールが腹に沁みて、実に旨かったなあ」

と、楽しそうに、お遍路さんの想い出を語っていた。

もう一人は、近ごろは自宅で本を読む日々を過ごしているという学者肌の私と同年配の仲間だ。新刊書に目を奪われることなく、もっぱら古典文学や哲学、歴史書などの名著と向き合う日々だという。そんな高尚な話を聞いていて、昔と変わらず、世の中の物事を鋭く見て

いるなと、感心させられた。

彼の的確な現代社会批評には説得力がある。自身にあった日々の暮らしを楽しみながら書物や新聞を通して時代の変化を、広く、深く洞察しているのだろう。

読書の合間に、自宅の庭に出て木々や草花を観察し、夕暮れとともに独酌するのが一番の楽しみだと話していた。

「この季節は、自然の芽吹きがうれしいね。毎日が感動の連続だよ」

お互いにささやかな年金暮らしではあるが、それぞれ思い思いの充実した日々を送っているようだ。

それぞれつつましさに慣れた暮らしではあるが、「たまには贅沢をしてみよう！」と、北海道厚岸から１杯６０００円の毛ガニを３杯取り寄せ、高級な珍味で晩酌を楽しんだというＨ君の話題で、宴席は盛り上がった。

「沼津だって、うまい魚が食べられるんじゃないの……」

そう投げかけられたので、私は答えた。

「沼津の港は、首都圏の客で賑わっているけれど、高級で美味しい魚はやっぱり東京には叶いませんよ」

それも、そうだな……といった顔で、盃を傾けながら、銀座の刺身を口に運んでいた。

おつむとおむつ

「おつむ」と「おむつ」――「つ」と「む」を入れ替えただけなのに、この二つの言葉、何か、深いかかわりがありそうな気がしている。それと言うのも、私たち人間にとって、「おつむ」と「おむつ」は生きていくうえで、とても大切なものだからだ。

人は、齢を重ね「おつむ」の働きが鈍くなると、排泄のコントロールが難しくなり、トイレに間に合わずひどいことになる。そこで、赤ちゃんのときお世話になったように「おむつ」が大事な役目を果たす。「おむつ」をあてがえば、「おつむ」は安心感が増し、日常の暮らしも気分よく、行動的になるというわけだ。

この私も、外を歩いている途中、急にもよおしてしまうことが多くなった。でも、まだ「おむつ」の世話にはなってはいない。

望んでいたわけではないのに、私はこの夏、78歳の誕生日を迎えた。人生、遠くまでやってきたもんだなあ……と、私なりに感慨深いものがある。

ところで、ちょっと心配なことがある。気がかりでならないのは、おつむである。日ごろ、おつむの働きが鈍くなってきた気がする。身内や知り合いと親しく話をしていても、人の名前や固有名詞がなかなか出てこない。思い出そうと、焦れば焦るほど、深みにはまってしまう。

きのうは何をして過ごした？　どこへ行ったっけ？　誰と会った？……つい昨日のことなのに、思い出せない。そのうちに、夕飯を済ませたあとしばらくして、同居している食事担当の年輩の女性に、「おれ、夕メシ食べたっけ？」「あんた、誰？」なんて言ってしまいそうだ。

長いこと人生をやっていると、記憶力が衰えてゆくのは仕方ないだろう。

だって、もしも記憶力が良かったら、寝床に入ってからも、いろんなことを思い出し、考え込んでしまい、睡眠不足になってしまう。

しかし、この記憶力の低下、齢のせいだけにしていいものだろうか。

オミクロン株とか、デルタ株とか、世界中の人々が変幻自在で得体の知れないコロナウイルスの感染に翻弄され、今なお、伝染病と闘っている。

感染を防ごうと、人との交わりを避ける孤独で単調な暮らしが、脳の血流を鈍らせ、記憶力の低下を加速させてしまうのではないか。私はそんな疑いをかけている。

コロナウイルスの波状攻撃で、私たちはこの3年余り、外出時はマスクをつけ、家に籠る自己防衛を余儀なくされてきた。人とおしゃべりしたり、大笑いしたりするのもつつしみ、言葉少なに過ごしている。

1月末、県公安委員会から一枚のハガキが届いた。「運転免許証更新のお知らせ」とある。すでに半世紀以上も肌身離さず、お世話になってきた運転免許証であるが、ここに来て、更新するか、そろそろお別れしたほうがいいか。衰え始めたおつむと相談しながら、迷っているところだった。

人間には、老いてゆく過程に沿った人生の過ごし方、生き方がある。春夏秋冬、1年をひと巡りする季節のように、人生にはそれぞれ4つの時期があるという。

小学校から大学を卒業するまで、先生について学ぶ学生《がくしょう》期。親のすねをかじって成長していく頃だ。季節でいえば春。

次は、学校を卒業して職に就き、やがて結婚し家庭を持つ。男性は働いてお金を稼ぎ、女性は子育てに追われながら互いに力を合わせ、家庭生活を営む。この時期を家住《かじゅう》期と呼ぶ。

やがて定年を迎え退職する。身も心も安定し、いよいよ自分のやりたいことを自由に楽しむ林住《りんじゅう》期を迎える。私は今、林住期後半の人生を歩んでいる。

そして、最後は、再び、ひとりぼっちになり自分と向き合い、日々、忍び寄る死を見つめながら、淡々と静かに暮らす。これが、遊行《ゆぎょう》期と言われる。

古代インドで考えられた人生観だというが、豊かな長寿社会になったわが国でも、こうした考え方や価値観が広がり、定着しつつある。

日本人の平均寿命は、女性が87・74歳で世界第1位。男性が81・64歳で第2位。日本はまぎれもなく超長寿社会になった。ちなみに、１００歳以上の老人は８万６５１０人（２０２１・９・１）もいて、90歳以上となると、なんと、２００万人にのぼる。

いつの間にか、長寿社会になり、人生を楽しむ「林住期」が長くなった。

私は、仕事を卒業して10年以上も、誰に遠慮することもなく思いのままに過ごしてきた。

マイカーは、林住期を過すのに欠かせない文明の利器である。

乗り物が溢れ、利便性が高い大都会と違い、自然が豊なこの町に暮らしていると、マイカーの存在価値は、実に高い。それに、自宅近くの大きなショッピングセンターが、撤退してしまったので、以前にも増してマイカーの利便性と必要性を感じている。

思案した末に、より安全運転を心掛け、もうしばらくマイカーにお付き合いさせていただこうと、免許証を更新することにした。

公安委員会から指定された日の朝。市内の自動車教習所に出向き、講習を受けた。私と同年代の高齢者たち20人ほどが受付を済ませた。やはり、みんな車を手放したくないんだな。

まもなく、受講室で認知機能を診断するペーパーテストを受けた。私は、人から言われなくても、記憶力や判断力の低下は自覚している。

けれども、青信号と赤信号、右折と左折の表示を見落としたり、ブレーキとアクセルを踏み間違えたりすることはない。これまで車の運転に不安を感じたこともない。

2週間ほどして、教習所から「通知書」が送られてきた。それを見て、びっくり仰天した。

「あなたは不合格でした」

そ、そんなばかな……それも、合格ラインの76点を10点以上も下回る65点だ。話にならん。

その通知書には、こんな評価が書いてあった。

「記憶力・判断力が少し低くなっています。記憶力・判断力が低下すると、信号無視や一時不停止の違反をしたり、進路変更の合図が遅れたりする傾向がみられます」

私はショックを受けた。だが、実は、心当たりがなかったわけではない。筆記試験で、どうしても思い出せない質問があった。

それは、「今日は何月何日ですか」という質問である。

日々の暮らしに関わる日付ではあるが、毎日が日曜日の私には、カレンダーなんぞどうでもいい暮らしである。というわけで、「今日」の日付が思い出せなかったのだ。

家には、3LDKの部屋やトイレの壁にカレンダーがいくつも掛けてある。休日が待ち遠しいサラリーマンと違い、毎日が日曜日の私は、日付に関心がないので、カレンダーを見る習慣が遠のいてしまった。それが、この問いに答えられなかった最大の理由である。

でも、今日の日付が分からないことと運転技能と、どんな関わりがあるのだろう。私は疑問に思い、自動車学校へ出向き、教官に尋ねた。

すると、教官は、「それが高じるとですね、運転中に信号の赤、青、黄色の区別がつかなくなる危険性があるんですよ」と、丁寧に説明してくれた。

また、ギョ、ギョッ……知らぬ間に、危険が忍び寄っているのだろうか。

その夜。故郷に暮らしている中学の同級生と、久しぶりに電話でおしゃべりをしていると、車の運転が話題になった。

「実は、免許更新のテストで不合格になっちゃったんだよ……」

そう言うと、電話の向こうから大きな笑い声が聞こえてきた。

「まだ、免許証は手放せないわね。私たちはみんな頭の働きが鈍くなっているんだから、前もって試験勉強しなきゃだめよ。問題集だって売っているんだから……」

年金暮らしのいま、私はもう、派手な暮らしは望まない。けれど、自由と開放感のあふれた、人生最高の気分で残り少ない「林住期」を楽しく、「おむつ」のことなんか忘れて、悔いなく生きてゆきたい。

人生意気に感じるクライマックスの林住期——もうしばらく、車のハンドルを握らせてくださいな。神さま、仏さま、公安委員会さま……

追憶の午後

「あなたもきっと、懐かしい青春に出会えますよ」

そんな甘い言葉を掛けられたら、どうするだろう。すでに青春時代を通り過ぎた紳士、淑女なら、きっと、甘味な青春の風景が蘇ってくるに違いない。思わずほほ笑むか、深いため息をつくか。或いは、大声で叫んでみたい衝動にかられる人がいるかもしれない。

うららかな日差しが春を連れて来た2月末の日曜日だった。

ＪＲ沼津駅北口にあるプラサヴェルデのコンベンションホールで、風変わりな「まちなかコンサート」が開かれた。

始まる前から、会場のホールは人々の熱気が漂っていた。

60年、70年もの長い歳月を生き抜いてきた人生経験豊かなお爺さん、お婆さん、失礼！紳士、淑女たち。これから遠い想い出の彼方に眠る「青春」を探す旅に出かけるような興奮に包まれていた。

戦後の豊かな時代を確かなものにした昭和30年代後半から40年代にかけ多くの人々を魅了し、希望あふれる日々を彩ったのは、映画であり、映画音楽だった。

「音楽の名画座」と銘打ったシネマ・コンサートは、かつて多くの人たちが出合った名画の感動を蘇えらせ、美しい旋律の生演奏を存分に楽しんでいただこうという斬新な企画である。オールドファンで埋め尽くされた満席の会場で1時間40分。心を込めて演奏したのは、その名も「ＳＡＫＵＹＡグランド・オーケストラ」の若き9人の女性アーチストたちだ。

桐朋学園大学に在学している頃から演奏活動をスタートさせ、東京ニュー・フィルハーモニック管弦楽団、静岡交響楽団などで主席チェロ奏者を務めたチェリストの前田昌利さん。それに、女性演奏家たちの「ＳＡＫＵＹＡ　ソリステン」のメンバーが、３年前に結成したポップス専門のオーケストラである。

「ＳＡＫＵＹＡ」は富士山の守り神、「木花咲耶姫《このはなさくやひめ》」にちなんでつけた名称だという。メンバー全員が静岡県内に暮らしているうら若き女性たちである。

日ごろは地域文化への貢献を掲げ、静岡市のコミュニティホール七間町を拠点に、映画音楽やポピュラーの名曲を中心に演奏活動に励んでいる。

演奏に先立ち、あいさつに立った前田さんは、含蓄に富んだトークを披露し、日ごろの自分たちの活動をしっかりＰＲした。

「世の中にクラシックのオーケストラはたくさんあります。けれども、ポップスのオーケストラとなると、私たちのＳＡＫＵＹＹＡが日本で初めてだと思います」

前田さんはＰＲに加え、意気込みを披露した。

「今では生演奏で聴くことが出来なくなってしまったオールディーズ、往年の映画音楽の名曲を再び多くのみなさんに味わっていただきたい。きょうは、そんな思いを込めて演奏し、静岡の文化の香りをお届けします」

オーケストラは、前田さんのチェロを中心に、若い女性たちのフルート、オーボエ、クラリネット、バス・クラリネット、アルトサクソホン、ドラムス、エレクトーン、ピアノで構成されている。著名なチェリストと、繊細で美しい音色を奏でる若い女性アーチストたち。そして、演奏に花を添えたのが、映画音楽解説者の小澤正人さんだった。

小澤さんは青春時代、映画に夢中になってしまい、希望通り映画音楽を解説する道を職業に選んだという。

なにしろ、日本映画、洋画を問わずスクリーンが好きで、好きでたまらない。学生時代から時間さえあれば街の映画館に通い、これまで1万本を超す作品を鑑賞してきたという。

サラリーマンを卒業したいまは、市民の生涯学習の場や文化センターの講座に出かけ、映画や映画音楽の歴史、映画の社会的役割など「映画文化」について語っている。

この日は、1曲、1曲、オーケストラの演奏が終わるたびに、小澤さんがマイク片手に、にこやかな表情で舞台に上がった。

名画のあらすじを紹介したり、名優たちの知られざる逸話や話題を面白おかしくおしゃべりしたりして会場の笑いを誘う。若い女性たちの演奏を盛り上げては、聴衆に青春の感動を呼び覚ます。料理で言えば、調味料のように、コンサートの味付けをしてくれた。

オープニングは情感豊かにポピュラーソングの『恋は水色』。

続いて、『慕情』『鉄道員』『死ぬほど愛して（刑事）』『ひまわり』『さすらいの口笛（荒野の用心棒）』『太陽がいっぱい』『ブーベの恋人』『エデンの東』『トゥナイト（ウエストサイド物語）』の全10曲を演奏した。

いずれも、映画音楽が心に沁み渡り、多くの人々に広く人気を呼び、感動を誘った懐かしい名画ばかりである。

なかでもアラン・ドロン主役の『太陽がいっぱい』と、ジェームス・ディーン演じる『エデンの東』は、映画芸術を強く印象付け、時代を越えて普遍性の高い映画音楽だ。

美しく、悲しく、ときに激しい旋律で演奏するたびに、オーケストラの背後にあるスクリーンに感動的な名画の場面が映し出される。

スクリーンを見つめる多くの人々が記憶の彼方に眠る懐かしい青春に還ってゆく。実に、心憎い演出である。生演奏を通して名画の感動を再び呼び戻すことができる歓びには、非日常的な感慨深いものがあった。

ウィリアム・ホールデンと、ジェニファー・ジョーンズが主演した米映画『慕情』（１９５５年）は香港を舞台にしたラブストーリーである。

夫を戦死で失った女医さんがアメリカの従軍記者と偶然に出遭い、やがて激しい恋に落ちる。だが、ふたりには悲しい結末が待っていた。まもなく朝鮮戦争が勃発し、ウィリアム・ホールデン演じる従軍記者は戦地へと赴く。そして、戦場で帰らぬ人となってしまう。

スクリーンには海を見下ろす慕情の丘のラブシーンが映し出される。そして、ピアノとエレクトーン、管楽器が奏でる旋律が甘く、切なく流れる。

イタリアの名女優ソフィア・ローレンが熱演するイタリア映画『ひまわり』（１９７０）も感動を誘った。

こちらも第２次世界大戦が終わったあと、出征したまま行方不明になってしまった夫を探す女性の執念を描いたラブストーリーである。やっとの思いで探し当てた、愛する夫は、ロシアの女性と幸せそうな家庭を築き、幼い女の子と３人でつつましく暮らしていた。戦争で運命に翻弄されてしまった男と女の物語りである。

アルトサクソホンの哀愁を帯びた旋律が女性の辛く、切ない感情を巧みに表現し、鑑賞する人々の胸に迫ってくる。

この日、映画音楽によって、人の心の奥に秘められた情感に触れ、それぞれ自身の過ぎ去った青春を重ね合わせ、感慨を新たにした人も少なくなかったに違いない。それに、映画音楽の存在感を改めて感じた人もいたことだろう。

私たちが青春だった、あの時代。映画は文化であり、芸術であり、大衆の娯楽の中心にあった。そして街の映画館は全国津々浦々、人々の娯楽と文化の殿堂として栄えた。

それに、映画文化は戦後の廃墟から立ち上がり、驚異的な経済成長を遂げた日本人にとって豊かさへの憧れでもあった。

私が高校卒業するまで過ごした、信州の小さな田舎町にも映画館が2つもあり、週末になると、映画に親しむ老若男女で賑わっていた。

その頃、高峰秀子演じる『二十四の瞳』や、京マチ子の『羅生門』、三船敏郎主演の『荒野の用心棒』など、高校の友人たちと誘い合って鑑賞した、懐かしい思い出が蘇ってくる。そうだ、日活の石原裕次郎、小林旭もスクリーンでさすらいの旅人を演じていた。

戦後、商業都市として栄えてきた沼津の街に、繁栄と都会的なセンスをもたらしたのも映画だった。あの頃、映画館が大きな絵看板を掲げ、街角の雑踏の中で、ボリュームを上げて映画音楽を流していたのを懐かしく思い出す。

頼りにしてますぞ

焼けつくような真夏の昼下がりだった。

あてもなく街を歩いている途中、余りの暑さに耐え切れず、公共ビルに駆け込んだ。2階のオープンスペースでひと休みしようとエレベータに乗ると、壁面のポスターが目に留まった。

最後まで沼津で暮らすために——市民一人ひとりが支え合って生きる地域づくりをテーマにしたフォーラムのお知らせである。

「終の棲家」という言葉が現実味を帯び、これから先の人生をこの街で生きてゆこうと思い描く私は、そのキャッチフレーズにひかれ、フォーラムの日時と場所を紙切れにメモした。

その日。カミさんを誘い、会場の福祉文化施設に足を運んだ。

講師は、公益法人さわやか福祉財団会長の堀田力さんである。いつも若々しい堀田さんは、84歳になったという。

27年前に法務、検察の職を定年で退いたあと、法律事務所をスタートさせた。その一方で、福祉財団の前身となる、「さわやか福祉推進センター」を開設した。

現役の検事のころから、人々が心触れ合う社会を創りたいと考えていた堀田さんは、定年退職を機に、早速、退職金のほとんどをつぎ込み、ボランティア活動を柱に据えて、第二の人生を歩き始めた。

堀田さんは幼いころ、母親を亡くしている。育ての母は、辛い境遇にあった堀田少年に親身になって愛情を注ぎ、自立することの大切さを教えた。

京都大学を卒業し検察官になったのも、その母との巡り逢いがあったからだと、堀田さんは振り返る。正直者が損をするような社会にしてはならないと、信念を貫いてきた。

私はこれまで直にお目にかかったことはないが、テレビや著作を通して知るかぎり、堀田さんは社会的地位や名声などには一切、関心がない人のようだ。

人間としての心を大切にする生き方を理想として生きてきたように感じられ、ずっと尊敬の念を抱いてきた。

「財産を増やすとか、高い地位に就くことに、私は関心がありません。とにかく、自分がしたいことをしたい」

そう語り続け、一貫してその生き方を通している。

この日、堀田さんは紺のワイシャツにノーネクタイ、白いジャケットという軽快で若々しい、爽やかな装いで演壇に上がった。

身ぶりや話し方もとても、84歳の老人には見えない。

そして、会場に集まった大勢の人たちを前に軽妙洒脱に、こう問いかけた。

「みなさんの中に、最後までは沼津で暮らしたくないよ。沼津なんか嫌いだという人、いらっしゃいますか？」

ユーモアを交え、意表をついた問いかけに、満席の会場から大きな笑いが起こった。そして、タイミングをはかるように、こう提案した。

「きょうは、日常の助け合いをどうしたらいいか、みなさんと一緒に考えましょう」

介護が必要な高齢者を支える仕組みが介護保険制度である。スタートして18年になる。今日まで法改正を重ねながら試行錯誤を繰り返し、見直しを重ねてきた。

介護保険制度はこれまで、支援を待つ高齢者に必要な介護サービスを全国一律に提供している。ところが、ここにきて、制度と世の中の実態がそぐわなくなってしまった。

その背景にある要因とは何だろう。

それは予想を超える速さで進む「高齢化」と、「人口減少」である。

そこで、厚労省は新らたに、自治体の独自性を生かした「地域包括ケアシステム」による地域支援事業の導入を打ち出した。

８００万人を超える団塊の世代が75歳以上になる7年後、後期高齢者は２０００万人を超え、わが国はいよいよ「超高齢社会」に突入する。国民の医療や介護の大幅な需要増が見込まれる一方で、介護する側の人材は38万人もの不足が予想される。

足元まで迫っている「２０２５年問題」は、国民にとって実にやっかいで深刻なテーマだ。

そこで、現実問題として、高齢者が可能な限り住み慣れた地域で、自立した生活を続けるにはどうしたらいいか。そのためには、地域の包括的な支援、サービスを提供できる体制づくりを急がなくてはならない、と堀田さんは力を込める。

地域包括ケアシステムというのは、自治体である市区町村が自分たちの手で地域の事情や特性を生かした制度と仕組みをつくり、それに、いかに対応していくかということである。

その背景には国の財政事情がある。

超高齢化、少子化、核家族化が進み、認知症を患う人も増えている。現状のままでは社会保障費が大幅に不足し、国民の税金で賄っている国の財源がパンクしかねない。

そうした厳しい環境にある高齢社会に立ち向かうには、大増税を断行するか、もしくはサービスの中身を大幅に切り捨てるしか方法はない。

「何もしなければ、介護保険制度が立ち行かなくなってしまう」と、堀田さんは危惧する。

限られた予算で制度を持続可能にしてゆくためには、医療などの専門的知識や技術を必要とする分野は医師、看護師、保健師など専門職や事業者に支えてもらう。

その一方で、日常の生活支援はできる限り住民ボランティアが支える。高齢者介護の問題を解決するには、本格的な「助け合い社会」にするしかないという。

堀田さんは東京地検の検事をされているとき、戦後最大の疑獄事件、ロッキード事件を手掛けた。田中角栄元首相ら大物政治家が受託収賄などの容疑で逮捕された。連日、連夜、過酷な仕事に追われ、自宅に帰るのは深夜。奥さんとゆっくり話をする時間もなかった。

しかし、そのころ奥さんが高齢者や心身障害者の支援をするボランティアをしていたこともあり、「高齢者福祉をどうにかしないと、将来、日本は大変なことになるだろう」と、内心、不安を感じていたという。助け合う社会にしないと、日本人は幸せになれない。誰に対しても暖かい社会にするには、助け合いのボランティア活動を広めることだ。

これが、堀田さんが考える人生哲学である。甲府地検の検事正になったとき、退職したら自分は福祉の道に進もうと心に決めた。

人々が安心して暮らせる社会にするにはまず、「自助」努力が欠かせない。併せて市民や仲間同士が助け合う。つまり、「自助」に「共助」と「互助」が加わり、さらに足りない部分を国や自治体の「公助」で補ってゆく。

戦後の日本は、廃墟の中から立ち上がった国民が、それぞれ自助努力し、十数年後には高度経済成長を成し遂げた。それによって国の税収が増え、公助に必要な資金も集まり、公助システムが出来上がったのである。

しかし、その一方で、人口の東京一極集中とともに近所づきあいや地域の人々の交流が少なくなり、「共助」の心が失われてしまった。古き良き時代の日本にあった人情豊かな助け合う社会は、経済成長とともに雲散霧消してしまったのである。

介護が必要な高齢者に日々生きがいを感じて生きてもらうには、日々の生活の負担を軽くしてあげるしかない。

これまでの日本社会では、老いた親の世話は、家族が当たり前のように担ってきた。だが、さまざまな時代背景を考えると、家族だけで親の介護を支えるのはもはや困難である。

信州の田舎から東京に出て仕事をしてきた私自身、振り返ってみると、母親が病気で亡くなった後、ひとり残された父親を田舎の老人ホームに預けてしまい、自ら世話をすることはなかった。

堀田さんは、会場の人たちに向かって、こんな問いかけをした。

「年老いた人たちの買い物やお掃除、料理づくりなど誰がやってくれますか。家族に頼れないとしたら、ご近所さんしか頼れませんよね」

サラリーマンを退職した元気な高齢者たちは地域社会の「財産」であると、堀田さんは考えている。

「60代後半から70代の高齢者は分別があるし、やる気もある。ボランティアとして一番頼りになるんですよ」

そう語り、定年退職して間もない私たちの世代に大きな期待を寄せる。自分が地域の財産だと周囲から言われると、悪い気はしないものだ。

ボランティアとして社会に役立つことで生きる喜びを感じ、活動的な日々を過すことができれば、自身の認知症予防にもつながるに違いない。

「住み慣れたわが家なら、食べるものや、食べる時間も自由です。それに、会いたい人にも会える。好きな本を読んだり、音楽を聴いたりすることだってできる。人間、自分らしく生きるのがいちばんいいんじゃないですか」

だが、一方でこんな現実もある。若い人が年々減ってゆき、企業はいま雇用を延長する傾向にある。定年退職しても、もっと働きたいと思う高齢者も少なくない。それに、今の世の中には、助け合いに顔をそむける風潮が根強くある。

堀田さんが仰るように終の棲家と決めたこの町で地域の役に立ちながら長く、元気に暮らしていけたら、幸せこのうえないだろう。だが、現実は厳しい。

人情が薄くなった今日、向こう三軒両隣、共助の心を蘇らせることができるだろうか。

音楽を愛した人

涼しげな蒼い富士山を眺めていても、汗ばんでくる夏の終わりだった。

買い物から帰ってきたカミさんが額に汗をにじませ、一通のレターパックを私の目の前に差し出した。

送り主はKさんである。現役で働いていたころ、東京や静岡市で一緒に仕事をした、気心の知れた仲間だ。

Kさんは、新聞社を定年退職したあと、家族が暮らす札幌市に帰り、今は自由で気ままな人生を楽しんでいる。

何が入っているのだろう？　懐かしいKさんの顔を思い浮かべながら、分厚いレターパックを急いで開けてみた。

すると、本が2冊入っている。それに、手紙が添えてあった。

1冊は表紙に、『西洋音楽の伝道師―小松耕輔物語』と題した評伝。もう1冊は、同じ題名の漫画本である。評伝と漫画本は、いずれも、著者、原作者はＫさんだ。

小松耕輔は、１８８４年（明治17）12月、秋田県由利本荘市の東部にある玉米《とうまい》村に生まれた、日本を代表する著名な音楽家として知られている。

耕輔の実家は、村の旧家で、豪族・玉米氏の子孫だという。

現役の記者だったころから、とにかく、事件や事故の現場が大好きで、人一倍、行動力のあるＫさんは、新聞社で要職をこなし定年退職したあとも、自ら望んで嘱託の新聞記者として活躍した。

それに、人々の暮らしや文化、社会のありかたに関心を抱いてきたＫさんは、退職した後も、記者として、自身の鋭い感覚で社会を見つめ続け、社会の在り方を検証していきたいと強く希望していた。

そして、経験豊かなＫさんは、２０１４年夏、自ら望んで秋田県由利本荘市に一記者として赴任する。

現役のころからフットワークがよく、好きな現場で取材し、記事を書いてきた名文家のＫさんらしい、第二の人生のスタートだった。

その年の秋が深まる頃。

明治から昭和にかけ著名な音楽家として知られ、日本の音楽史に名を残した小松耕輔の子孫と出会った。

玉米村から出た伝説的な音楽家の生涯に興味を抱いたKさんは、「小松耕輔音楽兄弟顕彰会」の会長を務める小松家の現当主、小松義典さんと親しくお付き合いするようになった。

日記や自伝など小松耕輔に関わるさまざまな資料を、手あたり次第読み込んだKさんによると、小松耕輔は銀の音符をくわえて生まれてきた人ではなかったという。

音楽の才は、天賦のものというよりも、努力の結果として備わったものだということを知った。しかも、人の痛みがわかる苦労人で、人生の達人でもあると感じ、耕輔の人間性に強く魅かれていった。

それからの日々、Kさんは耕輔の生まれ故郷である、同市の東由利地区に通い続ける。生家が残るかつての城下町や本荘街道のある宿場町は、地域の文化を色濃く残していた。

郷土の歴史や文化に誇りをもって暮らしている村の人たちの姿を目の当たりにしたとき、Kさんは過疎の村の寂しさを笑い飛ばしてしまうような余裕さえ感じたという。

優れた作曲家であり、音楽評論家でもあった小松耕輔は、一体、どんな人生を歩んだ人だったのだろう。

耕輔は小松家の二男として生まれた。

長男は生後間もなく入籍前に亡くなってしまったので、戸籍上は長男である。もの心ついた頃から、頭の回転が速い賢い子供だったという。

父親は玉米村の村長で歌人でもあった。だが、幸せに暮らしていた一家に、思わぬ試練が立ちはだかる。

耕輔は生まれて間もなく、ヨチヨチ歩きを始めたころ、家の敷居や道端の石につまずいて転んでしまうことが度重なるようになった。

一体、どうしたのだろう？　転んでしまう原因は何だろう？　衝撃を受けた両親はやがて、耕輔の目に異常があることに気がついた。

すぐに耕輔を連れて町の医者を尋ねた。だが、処方された目薬も効果なく、耕輔の視力は次第に落ちてゆく。原因がわからないまま、家族は途方に暮れた。

耕輔は視力が弱かった分、音には、とても敏感な子供だった。

小学生の頃、オルガンによる唱歌の時間を楽しみにしていた。村の伝統行事である獅子踊りの笛を吹き、村人が参加する獅子踊りを盛り上げた。夏は盆踊りの太鼓で民謡などを演奏したりして、村の人たちを楽しませてくれたという。

後に上京した耕輔は希望通り、東京音楽学校（東京芸術大学）の本科器楽部に入学する。試験のあとの健康診断では、眼の病のことが気がかりで、前もって視力検査表を丸暗記してしまい、見事に合格した。

気がかりだった視力検査を無事切り抜けた耕輔は、「ズルして申し訳ありません。お許し下さい……」と、心のなかで音楽の神さまに手を合わせた。

東京音楽学校の同級生には、のちに数々の童謡をつくり、とりわけ私が暮らしている沼津とは縁の深い作曲家である本居長世がいた。

この夏の異常な暑さを凌ごうと、私はときどき、涼しい風が吹き渡る駿河湾沿いの千本松原を散策した。そして、大きな展望水門「びゅうお」に隣接した松林に立つ本居長世の碑の前に佇み、しばらく風に吹かれぼんやりと過ごした。

それが、本居長世との出会いであった。

昔から日本人に歌い継がれてきた「赤い靴」、「七つの子」、「青い目の人形」など、多くの童謡を作曲した本居長世は、穏やかな自然に恵まれた沼津をこよなく愛していた。

毎年、夏が訪れると、家族を連れて訪れ、海辺の松原で過ごすのを楽しみにしていたという。

校歌をたくさん手掛けた小松耕輔も、沼津と無縁ではなかった。

　天衝き迫る不二ヶ嶺に
いま朝光り　うつりては……

縁あって、昭和58年に開校した沼津学園の校歌を作曲している。

小松耕輔は、作曲家であるとともに、日本をはじめ、世界に音楽文化を根付かせ、音楽芸術の価値を高めた先駆者でもある。

日本の音楽界にさまざまな功績を残しているが、作曲家としては、明治39年（１９０６）、わが国で初めて本格的なオペラ「羽衣」を作詞、作曲してその名を高めた。

その頃、ヨーロッパでは、オペラが民衆の娯楽として定着していた。洋楽を日本人の娯楽にしようと日本の物語を題材にオペラに取り組んだ。

合唱コンクールや吹奏楽コンクールなど、今は音楽コンクールが盛んであるが、昭和２年に、日本で初めて「合唱競演会」を開き、「コンクール文化」を広めたのも小松耕輔だった。

西洋から輸入された「洋楽」をすべての日本人が楽しめるように、音楽の社会化運動も実践している。そして、音楽家たちの活動を支えるために作曲家組合をつくった。

さらに、合唱コンクールを開き、西洋音楽を身近なものにしようと、私たち日本人の暮らしの中に根付かせてきた音楽家でもある。

こうして、生涯、西洋音楽とともに歩んだ小松耕輔は１９６６年（昭和41）、82歳で、その生涯を閉じた。

「日本語は歌いやすく　美しいことばである」――

春になると桜並木が美しい、耕輔が愛した故郷の公園。その桜の下に記念碑があり、耕輔の言葉が刻まれている。

眠る地下名店街

嘘《うそ》のような話ではないか。沼津市の繁華街に、地下名店街があったというのだ。それも、ちょっと風変わりな……だが、それは、心ときめく地下名店街でもあった。

あれから半世紀。その名店街はまだ地下に眠ったままである。

秋も深まったある日。行きつけのカフェで、その地下名店街のことが話題になっていた。

「あの国道下にあった地下名店街なんだけど、ずいぶん深いところにあったんだよ」

「そう、そう……東富士と今沢の基地を結ぶ旧国道1号線を米軍や自衛隊の戦車が走るので、地下深く掘ったらしいね」

カウンターの止まり木で、常連さんたちはマスターが淹れた熱いコーヒーを味わいながら、かすかな記憶を頼りにあの頃を懐かしんでいた。

この街でも若者の姿が減り、「地方消滅」の嘆きが聞こえてくるご時世である。

年を追って寂しさがつのるこの町に地下名店街があったなんて、信じられない、うそのような話ではないか。カウンターを挟んで行き交う、懐かしい思い出話は刺激的だった。

私はその話を聞いて、沼津にも斬新で、ときには向こう見ずのどえらいことに挑戦する、「やらまいか」精神があったのか、と感慨を新たにした。

地下街といえば、東京・八重洲、名古屋・セントラルパーク、それに川崎・アゼリアなど名だたる大都市の地下街は、いまや消費文化の先端をゆくファッションの総本山となっている。

それなのに、あれから地下に埋もれたままの沼津「味のちか道名店街」は、人々の記憶の片隅に眠る、ささやかな思い出に過ぎない。

この地下街にも沼津の街を華やかに彩る光陰のドラマが、確かにあった。

敗戦の傷も癒えた昭和30年代。人々は池田勇人首相の所得倍増のかけ声に踊らされ、豊かさを求めて懸命に汗を流し、驚異的な経済成長を遂げた輝かしい時代である。沼津の街も、空前の好景気に背中を押され、中核都市の面構えを見せ始めた意気盛んな頃だった。

東京オリンピックが開かれる2年前の昭和37年。戦後のヤミ市が装いも新たに洒落たアーケードの「仲見世商店街」に生まれ変わった。お洒落な街のシンボルはとりわけ、都会のファッションに憧れる若い女性たちを虜にした。

この界隈には、沼津商工会議所や地元スルガ（駿河）銀行、沼津信用金庫、それに三和、東海銀行など金融機関が軒を並べ、街は人いきれするほど賑わい、活気に満ちていた。

仲見世と新仲見世商店街の間に国道1号線が走っている。車の交通量が多い国道を、朝、夕、それに昼時になると、危険を顧みずに横断する歩行者が後を絶たなかった。

そこで、歩行者の安全を守ろうと、地下道建設計画が持ち上がった。沼津市役所も商店街もイケイケドンドン。とにかく、鼻息が荒かった。どうせならお洒落な地下道にしようじゃないかと、怖いもの知らずが、地下名店街を思い立ったのである。

かくして全国初の商店街のある国道下の地下街が昭和40年3月20日、華々しくデビューした。地下名店街には、中央に幅6メートル、長さ16メートルの通路があり、その両脇に1区画20平方メートルほどの小さな店舗が左右に4軒ずつ並んでいた。公衆トイレもあった。地下道の天井や壁に16基の蛍光灯が点り、近代的な地下名店街を演出していた。

「味のちか道　本日開店」――この日、3段の広告が地元紙『沼津朝日』の紙面を飾った。

その名店街には、通路の片側に喫茶店、蕎麦とうどんの店、おにぎりの店、それに、布団店が並んでいた。その向かいには、うなぎ屋、紳士服のテーラー、金魚と熱帯魚を売る養魚店、それに仲見世商店街事務局が置かれていた。事務局には真新しい公衆電話もあり、たばこやジュースを販売していた。そして、国道に沿った両側の歩道には、2か所ずつ、東京や大阪など大都市の地下鉄のそれを思わせる出入り口があった。

遺跡となった「地下名店街」はいま、どんな姿で眠っているのだろう。ひょっとすると、街の再生を願う沼津の人々に、何か、大事なことを問いかけてくれるかもしれない。

そんな思いを巡らせていたある日。地下街を閉鎖するときに撤収作業をしたという年輩の男性に出会った。

「もう、30年以上も前のことだよ。今はどうなっているのかなあ。今でも旧国1の歩道にはマンホールと、排気口が残っているはずだが……」

その男性の言葉は、そんなに興味があるなら一度、遺跡を覗いてみたらどうだい、と、私をけしかけるようなニュアンスを含んでいた。

マンホールと排気口は確かにあった。数日して、私は遺跡を管理している市役所を訪ねた。上司に取り次いでくれた中年の女性は、味のちか道のことを覚えていた。

「ええ、ありました、ありましたよ。若いころ、私たちもあの地下街をよく利用して、隣の仲見世商店街でショッピングしたんですもの……」

応対してくれた課長らしき恰幅のいい男性は、私の突然の訪問に不機嫌な表情を浮かべた。

「せっかくのお尋ねですがね、ちょっとご要望には添いかねます。あなたにもしものことがあったら、我々の責任ですからね」

その上司は不測の事態を理由にやんわりと断り、私を説き伏せようとした。

「老人、マンホールから地下道に転落して大けが」——もし、そんな事態になったら、私は恥ずかしくて人に合わせる顔もない。市当局の責任も問われるだろう。
当時、総工費３６００万円をかけた半官半民の地下街に入居した店は、それぞれ預託金として２０００万円を市に預け、毎月５０００円の家賃を支払い、営業をスタートさせた。しばらくすると、店の入れ替えもあり、新顔として理髪店やカレーの専門店、焼き鳥の店などが進出した時期もあった。

オープンから閉鎖するまで17年間、この風変りな地下名店街とお付き合いしたのが、紳士服テーラー「トガシ」のご主人である。店の代表で、1級技能士の資格を持つ富樫功さんは、地下名店街のことを尋ねると、仕事の手を休め、懐かしそうに振り返った。

「物珍しさもあり、それは賑やかだったよ。ハイカラな店構えを心がけオープンしました。自衛隊の幹部や米国の宣教師がやって来て紳士服を注文してくれました。地下が深かったせいか、空気が薄い感じで、睡魔に襲われ、居眠りしちゃいましたっけ……」

シャッターを下ろす店舗が相次ぐ昨今と違い、店を出せばモノが売れる時代だった。この地下名店街に進出を希望する商店主は少なくなかった。

しかし、経済成長とともに豊かになるに連れ、人々は「便利さ」や「合理性」に価値を求めるようになる。そして、買い物にやって来る人が高齢になると、地下道はたちまち敬遠された。

「階段を上り下りするのが面倒だ。滑り台でもつくってくれにゃ困るがね……」

そう訴える老人も現れた。地下名店街に通じる階段は38段あった。そこで、階段にはひと息いれる踊り場をつくった。その踊り場の壁には、当時、プロ野球で活躍していた巨人の長嶋茂雄、王貞治選手のユニホーム姿のカラー写真が掲げられていた。

「私たちは階段で足腰を鍛えました」——そんなキャッチフレーズが、市民の人気を呼んだ。

地下名店街に客を呼び込む苦肉の策だったが、国道に信号付き横断歩道が整備されると、地下道の利用者はたちまち減ってしまった。

やがて無用の長物となった地下名店街は１９８２年（昭和57）４月、あっけなく閉鎖に追い込まれた。味のちか道名店街、一席のお粗末である。

街は生き物だ。その時代、時代で、満ち潮もあれば引き潮もある。

地下名店街はどこかで見通しを誤り短命に終わってしまったが、明日の沼津を夢見ながら、公と民が力を合わせて成し遂げたささやかな記念碑でもある。

いま、進むべき新しい道筋を描けずに苦しむこの街に、時代に埋もれた「記念碑」が語りかける言葉はないものだろうか。

「さあ？　反面教師という言葉しかありませんがね……」

仲見世商店街の若手リーダーは、そう言ってほろ苦そうに笑った。

想い出は還らず

長いこと社会のために尽くされてきた浄土真宗眞楽寺（沼津市末広町）のご住職、勸山《すすやま》弘《ひろむ》先生が初冬の朝、浄土へ旅立たれた。

　當山二十四世　前住職　勸山弘儀
平成三十年十一月七日　世寿九十九歳にて還浄いたしました
長きに亘り頂戴致しました御法愛に衷心より感謝申し上げます

私が先生の訃報に接したのは、亡くなられた翌日の朝だった。

人は老い、やがて死を迎える。「生老病死」という言葉の意味を理解しているつもりではあるが、あまりにも尊い、計り知れない心の拠り所を失ってしまった。

勸山先生に最後にお目にかかったのは、その年の2月末だった。

「どうしたことか、このごろ家の中でよく転ぶようになってしまって……」

その日。庫裏の応接室に姿を見せた先生は、心なしお疲れの様子だった。

いつもは、しばらく歓談して辞去する際、先生は椅子から立ち上がり、玄関のドアに向かう私の背中を、慈愛に満ちた笑みを浮かべ、「いつでもおいで」と、言っているようにやさしく手をかざし、見送って下さる。

だが、その日はいつもと様子が違った。椅子に深く身体を預けたまま、力なく手を左右に振られていた。あれが、勸山先生の最後の「さようなら」だったのだろうか。

それから間もなく、病の床に就かれたことをご家族から聞かされた。

４年前の夏だった。勸山先生は、「ごきげんよう、さようなら」と、一度、私たちに別れを告げていた。

檀家の人たちが先生の法話に耳を傾ける「みのりの会」の最後の日だった。ひととき、激しいセミしぐれが止み、ひさしぶりに静寂を取り戻した暑い夏が終わる頃だった。

戦後まもなく、檀家の人たちと「みのりの会」を立ち上げ、66年４か月、雨の日も風の日も毎月28日に仏法の教えを説いてこられた。その日は７２９回目。ご住職を退く最後の法話だった。

「さようならは、左様ならと書く。いつまでもみなさんと一緒に居たいけれど、左様の理由があるなら、お別れもやむを得ないことですね」

そう言葉を結び、自らが築かれた時代の幕を下ろされた。

私が初めてお目にかかったのは、確か、14年前だった。

先生は80歳を超えていたが、目の不自由な人々のために、亡くなった人が角膜を提供する献眼運動を全国に広めようと、精力的に活動されていた。

この私に、「二人三脚」という言葉を使い、人生の師として心から可愛がり、指導してくださった。そして、なによりも社会のため、人々のために尽くすことの大切さを教えてくれた。先生の親愛の情に応え、私は微力ながら少しでもお手伝いしたいと思い、お付き合いさせていただいた。

「邂逅《かいこう》」という言葉がある。私の人生で、これほど人徳に溢れた先生と、どうして巡り合うことが出来たのだろう。今でも不思議でならない。

信州の山里で生まれ育った私が縁もゆかりもない沼津に移り住み、仕事を退いたあとも社会福祉の仕事に携わり、先生が長年取り組んでこられた献眼運動に出合ったことが、そもそものご縁だった。

目に見えない何かが先生と巡り逢わせてくださったのだと、今も深く感謝している。

そしてなによりも、先生の私に対する好意、私が先生を尊敬する気持ちが、二人三脚の長い月日を支えてくれたのだと思う。

わがサラリーマン人生を振り返り、平凡な暮らしの中に満たされた日々を過ごすことが出来たのは、ひとえに勸山先生のお陰だと感謝している。

先生が紡ぎ出す言葉には心に響くものがあった。多くの人が認めているように、自らが社会の底辺に飛び込み、さまざまな奉仕活動を実践されてこられた証しでもある。

戦後間もない昭和21年（１９４６）、中国から復員された。そして、肉親を始め、全てを失った孤立無援のなかで真楽寺を再建された。

「戦争で九死に一生を得て生かされた命を社会に捧げたい」

衆生済度を実践しようと強い信念を抱き、障害のある人、困窮する人を救うことが、自身に課せられた宿命だと心に決めていたようだ。

刑務所の教誨師を務め、御殿場の国立駿河療養所の輔導師として差別や偏見に苦しむハンセン病患者に寄り添い、励まし、生きる希望を与え続けた。

そして角膜を損傷した目の不自由な人々を救う献眼運動をライオンズクラブの仲間たちに呼びかけ、54年間続けて来られた。生涯を終えられた日、ご自身の角膜も献眼されている。

先生は、宗教が社会に果たす役割と真剣に向き合っていた。

「生きている人を救うのが宗教です。お寺の維持ばかりを考えるのではなく、多くの人が苦難の中で立ちすくみ、苦しんでいるいま、僧侶自らが社会に尽くしていかなくてはいけない」

献眼を促進する活動に、私は何度かお伴をさせていただいた。先生の背中を眺めながら、社会奉仕に捧げる心の原点を知りたいと思った。先生の生き方の原点は、自らが育んだ良心と仏教の教え、そして、あの戦争体験にあると、私は考えている。

先生が所属していた部隊は、負傷した先生を中国大陸に残して転戦した沖縄の海でひとり残らず散華した。一方、中国で孤独と苦難の抑留生活に耐え凌いだ先生は、やっとの思いで故郷、沼津の土を踏んだ。

終戦翌年の昭和21年のことである。

「拾った命を社会のために尽くし、戦友たちの英霊に捧げたい」

4年前の秋、沖縄・那覇市で開かれた献眼運動推進大会で講演された翌日、先生は英霊が眠る沖縄南部の摩文仁《まぶに》の丘へ向かった。

炎天下、立ち尽くして長い時間をかけて読経され、亡き戦友たち、犠牲になられた沖縄の人々の御霊を慰めた。

全ての日程を終え、翌朝、那覇空港から飛行機が飛び立ち、しばらくして、機体が水平飛行に移ったころ、私の耳元にかすかに歌が聞こえてきた。

〽桃太郎さん、桃太郎さん、お腰に付けた黍団子……

隣に座っていた先生が、シートのひじ掛けに載せた手指で拍子をとりながら口ずさんでいた。

あのとき、おそらく生涯最後になるであろう戦友たちの慰霊の旅を終え、重い荷物をいくらか降ろすことがかなった思いが、脳裏をかすめたのだろう。話すことが好きで、語りの名手である先生は、お元気なころ、よく私を食事に誘ってくださった。

先生の好物は、うな重と牛肉のすき焼き、天ぷら、瓜の粕漬……なぜか、蕎麦は好まなかった。食事をしながら先生のお話を伺うのが、私にとって人生勉強でもあった。

迫力があり、楽しく、心に沁みる話が多かった。貴重な人生経験をさせていただいたことに感謝している。

いま、自分が考え、行動していることが社会のため、人々のためになる「善」であるか。

そこに「私心」はないか。いつもご自身を見つめ、厳しく戒めていた。

先生は、名誉ある褒章を授かったとき、ご臨席された天皇陛下から頂いた言葉をことのほか、大切にされていた。

「他人を思いやり、社会に貢献する活動が、さらに広がってゆくことを希望します」

天皇陛下のこの言葉を、ときどき思い出しては私に大切そうに語ってくれた。

ご自身が提唱された献眼運動は、戦後の廃墟から立ち上がった日本の社会に善意と思いやりの種をまき、半世紀かけて一つの価値観をもつ文化に育てあげた。

多くの人々が豊かさを求め、真の価値が見えない時代だからこそ、無償の人間愛が永遠に灯されてゆくことを願っていたのだろう。

先生は文人でもあった。「一隅を照らす」「限りある命を超えて」「持てるもの人のために」——数々の心に沁みる言葉を混迷する社会に贈り続けた。


かたわらに秋ぐさの花かたるらくほろびしものはなつかしきかな

旧制沼津中学に通っていたころ、先生は、母親のふるさと、信州・小諸を訪ねたことがあったという。そのとき、小諸城址の懐古園で若山牧水の歌と出合い、激しく感動された。勸山先生も、牧水がそうであったように草の上に寝転んで人生について深く考えていたのだろうか。

あるとき、先生の口から直接、その話を聞いて、私は懐古園を訪ねたことがある。そして、しばらく牧水の歌碑の前に佇み、感慨に耽った。

わが故郷は遠くに霞んでしまっているけれど、いつかまた、あの歌碑の前で勸山先生の生前の日々を偲びたい。

あとがき

このごろ、年月の足音が高くなってきたな、と感じている。

１日、１週間、１か月、そして１年……生きる歓びをゆっくり味わう間もなく時は急ぎ足でまたたく間に過ぎ去ってゆく。

リビングや書斎、トイレに掛けてあるカレンダーを眺めていると、日付の数字がつれなく、寂しく思うときさえある。

人生の坂道を下りてゆくスピードは、間違いなく加速している。

日々老いてゆく私の人生の誤算は、コロナウイルス禍だった。

北海道から沖縄まで日本列島に蔓延するコロナ禍で、名所旧跡を訪ねるささやかな旅も、家族や知り合いと穏やかに会食する機会も奪われてしまった。

こんなにも寂しい孤独感漂う人生は、一体、いつまで続くのだろう。

思えば、しがないサラリーマンだった私が妻と、小さな子供を連れて、沼津に移り住んだのは平成３年（１９９１）の夏だった。あれから、32年の歳月が過ぎようとしている。

連日連夜、仕事に追われていた私は、朝、早起きして東京の会社に通勤し、妻は子育てに追われていた。２人の人生は闘いの最中だった。

戦場と化したマンション暮らしも、時が経ち、いま、家族は妻と私２人だけの、自立式「老人ホーム」に様変わりしている。

サラリーマンを卒業し、自由の身となって14年。細々と平穏に暮らし、人生を支えてくれているマンションの部屋が、終の棲家であると思うと、これからも愛着を感じながら、１日、１日を大切に過ごしていきたいと願っている。

朝、早起きして部屋に掃除機をかけ、窓拭き、お風呂の掃除……と、結構、忙しい。これも、１日、１日を気分よく過ごすための環境づくりである。

簡単な朝食を済ませたあとは、新聞を読んだり、テレビに目をやったり、パソコンに向かって雑文を書いたりしている。

昼食を済ませると、仕度を整え、足取りも軽く沼津市立図書館へ。図書館は自宅から歩いて20分ほどの場所にある。足腰の鍛錬も兼ね、少し遠回りして30分から40分ほどかけ、自然豊かな街の風景を眺めながらウオーキングをして図書館に向かう。

なにしろ、健康な老いの日々を送るには、体を鍛えることが欠かせない。

ジョギングやテニス、卓球など運動をしている老人も目にするが、時間を有効に使うには、歩くのがいちばん合理的だ。私のライフスタイルに合っている。

それに、街を歩いていると、さまざまな発見があり、生きているかぎり、この「ウオーキング&ライブラリー」をずっと続けていきたい。

図書館ではまず、新聞各紙に目を通す。

ロシアのウクライナ侵攻が始まってから各紙とも、戦争の記事であふれている。ウクライナの街が戦場と化し、すでに長い歳月が過ぎている。平和な気分でのんびりと街歩きをしている身には、申しわけない気がしてしまう。

新聞記事に目を通したあと、何か、面白く、読みやすそうな本を探し、貸し出しカウンターに運ぶ。滞在時間は2時間から3時間。孤独になりがちな老人がひととき社会と繋がる貴重な時間でもある。

帰りは、またウオーキングして自宅へ。日替わりで、自由気ままにコースを変えるのが楽しみの一つでもある。毎日が、この繰り返しだ。

こんなのんびりしたことを、飽きもせず、まじめに続けている。将棋、囲碁、ゴルフなど趣味もなく、身近に肝胆相照らす友人もいない私にとっては、この街や、それを取り巻くたくさんの自然とお付き合いするしか術がない。

幸い、沼津は自然が豊かである。駿河湾の海、狩野川、沼津アルプス、そして富士山……街と自然が絶妙に折り合い、季節ごとに魅力的な風景をプレゼントしてくれる。それがなににも代え難い。

私がこれまで暮らしたり、旅をしたりして感じるのは、沼津は私を元気づけてくれる、生きがいを持てる街だと思う。

それは、私の生き方、暮らし方に合っているからだろう。

そんな人生の巡りあいもあり、日々、気分が乗ると、勝手に雑文を書いて、沼津朝日新聞社を訪ね、渡辺敏編集長に目を通していただく。しばらく世間話をして帰るのだが、これも日々、さすらう人生の楽しいひとときだ。

『潮騒がうたう日』は、『落ち葉　若葉　花がたみ』『風が吹いている』に続き、3冊目の随筆集である。

私が綴った文章を『沼津朝日』の紙面に掲載してくださる渡辺編集長、そして、本書を出版してくださった羽衣出版の松原正明社長に、限りない感謝とお礼を申し上げたい。

髙地　英壽

2023年5月

〈著者紹介〉

高地 英壽　（こうち ひでとし）

1944年（昭和19）生まれ。

長野県佐久市出身。

早稲田大学政治経済学部卒。

1970年から2010年まで読売新聞社勤務。

著書『富士山』『落葉、若葉、花がたみ』『風が吹いている』。

沼津市在住。

潮騒がうたう日

令和五年六月三十日　初版発行
定価　本体一〇〇〇円＋税
著者　高地　英壽
〒四一〇―〇〇五七
沼津市高沢町一〇―二二
発行　羽衣出版　松原正明
〒四二二―八〇三四
静岡市駿河区高松三二三三番地
TEL〇五四・二三八・二〇六一
FAX　〃

ISBN978-4-907118-78-5　C0095 ¥1000E